레스토랑 야간열차

허상문 수필집

리스본행 야간열차

인 쇄 2021년 09월 24일
발 행 2021년 09월 30일

지은이 허상문
발행인 서정환
펴낸곳 수필과비평사
주 소 서울시 종로구 삼일대로 32길 36(익선동 30-6 운현신화타워 빌딩) 305호
전 화 (063) 275-4000, 252-5633
팩 스 (063) 274-3131
이메일 essay321@hanmail.net
출판등록 제300-2013-133호
인쇄 · 제본 신아출판사

ISBN 979-11-5933-360-6 (03810)
값 15,000원

리스본행 야간열차

헤성문 수필집

수필과비평사

세상이 갈수록 어둠 속으로 치닫고 있다. 창세기에 조물주는 인간에게 빛을 선사했지만 인간은 빛을 어둠으로 만들어 왔다. 우리가 향해 가는 이 어둠의 끝은 어디일까.

언젠가 유럽 여행을 할 때, 뜻하지 않게 리스본행 야간열차를 타고 밤새도록 어둠 속을 달려간 적이 있다. 야간열차는 내가 원해서 탄 기차가 아니었다. 리스본으로 가기 위해 선택의 여지 없이 이 열차를 타야 했고, 어둠 속을 절규하며 달리는 열차와 함께 나도 흔들리며 달려갔다.

열차를 타고 가는 동안, 소설 『리스본행 야간열차』의 주인공처럼 나도 계속 물었다. "우리가 우리 안에 있는 것들 가운데 아주 작은 부분만을 경험할 수 있다면, 나머지는 어떻게 되는 건가?" 열차의 차창 밖 어둠을 바라보면서, 이 세상에서 내가 아직도 보지 못하고 알지 못하는 것들을 무수히 버려두고 떠나야 한다는 사실이 두려웠다. 언젠가 우리가 죽음에 이르게 되어 모든 것이 사라지게 될 것이라고 생각하면 눈앞이 아득해 온다. 그럴 때마다 나는 죽음 그 자체보다도 아직도 미처 보지 못한 세상, 만나지 못한 좋은 사람, 듣고 보지 못한 음악과 미술, 사라져가는 문학에 대한 생각이 미치면 너무 슬프다.

문학이 사라지는 날이 곧 올 것 같다는 생각이 자꾸 든다. 꽃과 별이 없는 세상에서 문학이 어찌 존재할 수 있을 것인가. 독일 시인 M.릴케는 "훌륭한 시는 어떤 절대적인 욕구에서 나온다."라고 한 적 있지만, 지금 이 세상에서는 문학에 대한 절대적인 욕구가 없다. 언제나 세속적인 욕망이 앞서고 육탈한 영혼을 돌볼 겨를이 없는 어둠의 시대에 문학은 삶과 세상의 구원이 될 수 없다. 이 세상은 욕망의 언어가 지배하고 있을 뿐이다. 그 옛날 바벨탑의 언어와 같이 인간은 언어로 욕망하다 언어로 쇠망하게 될 것이다. 그러면 우리가 모국어를 부여안고 문학을 위해 밤새 씨름하는 일도 없어질 것이다.

인생이란 살아갈수록 뜻대로 되지 않았다. 달리는 열차를 마음대로 세우고 내릴 수 없듯이, 삶의 시간과 장소를 원하는 대로 조종할 수도 없고, 떠나는 사람을 기어코 잡을 수도 없었다. 인생을 결정하는 순간은 반드시 극적인 사건과 함께 오는 것도 아니고 계획한 대로 이루어지는 것도 아니었다. 리스본행 야간열차를 타는 것같이 너무나 우연하고 너무나 사소한 일들에 의해 인생은 결정되었다. 그렇지만 나는 열차를 타고 어딘가로 달릴 때 느끼는 미지의 세상에 대한 유혹, 생명의 고동침, 낯선 만남의 체험에 감동한다.

여기 실린 글들은 지난 몇 년 동안 여러 지면에 실린 수필들이다. 책으로 내기 위해 읽고 정리하는 과정에서 다시 보니 무질서와 혼돈의 넋두리에 그치는 글들이라 부끄럽기 그지없다. 절실함도 간절함도 모자라는 글 부스러기들을 모아 다시 세상에 내놓는다고 생각하니 덜떨어진 글에 모욕을 더하는 것 같아 더욱 참담한 심정이 든다. 그러나 어쩌랴. 언젠가 이 허망한 언어들을 모두 버리고 해와 달과 별에게 경배하며 떠날 때, 한꺼번에 속죄할 수밖에.

어둠 속을 질주하는 리스본행 야간열차 속에서 나는 간절히 빌었다. 내가 아무리 속절없이 늙어가도, 이 세상이 아무리 어두워져 가도, 문학만은 끝까지 한 줄기 빛으로 남아 우리를 지켜 달라고.

2021. 구월에
허상문

차례

5장

1장

오아시스

사막의 길은 길고도 아득했다. 끝없이 이어지는 열사熱沙의 길은 낮에는 섭씨 50도에 육박하며 모든 것을 녹일 듯하고, 밤에는 영하 수십 도를 오르내리며 뜨겁던 모래를 꽁꽁 얼어붙게 한다. "한번 들어가면 다시는 나오지 못한다."는 타클라마칸 사막을 걸으며 나는 충만과 공허 속을 넘나들면서 계속 오아시스를 찾았다.

순례자와 대상隊商들은 험준한 모랫길과 텐산산맥을 넘어 마침내 '마음의 고향'이라는 율두스 초원에 이른다. 여기는 실크로드 중에서 '초원의 길'이라고 불리는 텐산북로의 끝자락이다. 이 높은 초원에도 물이 흐르고 풀이 자란다. 사막과 초원은 극단적으로 상반된 환경이지만 동전의 양면과 같이 불가분의 관계이다. 높은 천상에 걸린 구름이 눈비가 되어 초원에 떨어지지 않으면, 사막에서는 물 한 방울 찾아보기 힘들다. 빛이 없다면 어둠이 없듯이, 초원이 없다면 사막도 존재할 수 없을지 모른다. 실크로드의 사람들은 사막과 초원을 오가며 삶을 영위해 간다. 초원을 찾아 헤매다가 길을 잃어버리지만, 오늘도 휘몰아치는 강풍과 적막 속을 지나며 사막 군데군데 희미한 불빛같이 박혀 있는 오아시스를 찾아 떠난다.

사막에서 생명을 부지할 수 있는 것은 오아시스 때문이다. 오아시스는 사막을 지나는 사람들이 쉬어가는 곳일 뿐만 아니라 생명의 기지이다. 얼마나 많은 세월에 걸쳐 상인과 순례자와 군인의 행렬이 오아시스를 찾아 헤매다가 길을 잃고 뼈를 사막에 이정표로 남기곤 했던가. 물을 찾아 저 이글거리는 사막 한가운데로 달려갔다가 지평선 속으로 사라진 사람들의 영혼은 지금 어디에서 헤매고 있을까. "아무리 주위를 둘러보아도 인적은 물론 하늘을 나는 날짐승도 없는 망망한 천지가 벌어지고 있을 뿐이다. 밤에는 도깨비불들이 별처럼 휘황하고 낮에는 모래바람이 모래를 휘몰아와 소나기처럼 퍼부었다." 옛날 실크로드를 다녀간 현장법사의 말 그대로다.

타클라마칸의 사막을 끝없이 달려 지평선 위로 태양이 이글거리며 타들어 갈 즈음이면 오아시스가 그립게 된다. 사막이 아름다운 것은 어딘가에 샘을 숨기고 있기 때문이라고 '어린왕자'는 말했다. 생사를 넘나드는 사막에서 어린왕자의 이야기는 사치스럽게 들리지만, 정말 사막이 아름다운 이유는 어딘가에 오아시스를 품고 있기 때문이다. 그러나 사막은 오아시스를 쉽게 보여주지 않는다. 힘겹게 만나게 되는 오아시스의 물은 마실수록 갈증을 더한다. 인생길에서는 오아시스가 그리 쉽게 나타나던가.

힘겨운 삶을 하루하루 참고 살아갈 수 있는 것은 내일에 대한 희망이 있기 때문이다. 막막한 사막에서 시시각각 다가오는 죽음의 고통 속에서도 한 걸음 한 걸음 발을 떼며 나아갈 수 있는 것은 오아시스에 대한 기다림이 있기 때문이다. 사막을 관통하는 사람들은 언젠가 초원과 오아시스에 도착해서 목을 축이고 휴식을 할 수 있는 시간을 기다리며 걷고 또 걷는다. 오아시스는 희망이지만, 기다림을 위한 고통이며 시련이다.

희망과 기다림이 없다면 인간이 존재할 수 있을까. 존재한다는 것은 텅 빈 곳에 무언가를 채우고자 하는 희망과 기다림을 위한 것이다. 사막은 완벽하게 비어 있는 공간이다. 이 황량한 무의 공간에서 몸과 마음을 비우고 또 비우면 더 충만한 영혼으로 거듭날 수 있을까. 죽음으로도 메우지 못하는 이 막막한 공간을 사람과 낙타가 함께 걷고 있다. 사막은 소멸과 죽음, 절망적 고독을 상징하는 동시에 새로운 시작에 대한 희망을 담고 있다. 아무리 힘들어도 사막 저 멀리서 반짝이는 오아시스의 불빛을 찾아가는 고행을 멈추지 말라. 이 고통의 시간이 지나면 오아시스는 다시 나타난다.

넓고 아득한 사막의 한가운데에 서 있으면 적막과 고요가 엄습한다. 사막은 텅 비어 있으면서 가득 차 있다. 그리하여 삶을 생각하며 죽음을 생각하고, 순간을 바라보며 영원을 바라본다. 이 텅 빈 곳에서 모든 것이 죽고 사라지면 궁극으로 남는 것은 무엇일까. 저 사막에 한 조각 뼈만 남기고 사라져 간 사람들처럼 세상에 영원이란 없더라. 영원한 사랑, 영원한 생명, 영원한 존재란 없더라. 영원이란 어둠 속 갈라진 바위 틈에서 잠시 새어 나오는 불빛과 같은 것일 뿐.

아득한 지평선 위에 하나의 점이 되어 버려져 있다는 적막함에 갑자기 모래밭에 주저앉고 만다. 멀리서 들려오는 세상의 음성이 사막의 침묵 속에서 불협화음을 이루며 퍼져나간다. 자음과 모음이 만들어 내는 지상의 모든 부질없는 음성들이 사막에서 부서진다. 음성은 순정한 소리로 정화되고, 소리는 교향곡을 연주하듯 왕왕 공명하여 간다. 사막이 나에게 들려주는 소리는 바이올린의 치열한 고음이 아니라 첼로의 은

근하고 깊은 심연의 울림이다. 사막에서 울리는 소리는 귓속으로 혈관 속으로 깊게 파고든다. 나는 그 소리에 취하며 다시 오아시스를 찾는다.

오아시스에 대한 열망이 강하면 강할수록 눈앞에는 무언가 나타났다가 없어진다. 그것은 신기루다. 신기루는 사막을 건너는 사람들에게 가장 위험한 적이다. 애타게 찾는 오아시스가 눈앞에 보이지만, 가까이 가보면 오아시스는 사라지고 없다. 사막을 지나는 사람에게 신기루는 생명을 앗아가는 귀신이다. 신기루는 아무리 잡으려 해도 잡히지 않는다. 멀리 톈산산맥의 만년설은 하늘 위에 떠 있다. 사막에서는 뜨거운 지열이 뿜어져 나오고 있지만, 열기의 아지랑이 사이로 아스라이 보이는 만년설은 하얀 피부를 드러낸 채 침대 위에 길게 드러누운 여인의 나신裸身 같다. 세상의 손길을 거부한 채 인간 세상을 내려다보며 그녀의 도도한 품에 안기라고 유혹하고 있다. 만년설이 만든 신기루는 손에 잡힐 듯 눈앞에서 어른거리고 있지만 허상일 뿐이다.

사막에서나 도시에서나 사람들은 신기루를 보면서 일확천금 같은 헛된 꿈을 꾼다. 신기루는 가까이 다가서는 순간 눈앞에서 사라진다. 사막에서 길 잃고 헤매던 여행자들은 신기루에 속아 제자리를 빙빙 돌다가 죽는다. 공중에 세워진 누각은 아무도 올라갈 수가 없다. 사막의 허공에 세워진 집은 공중누각空中樓閣이고, 바다 위에 세워진 도시는 해시海市다. 사막에서나 바다 위에서나 예상치 못한 멋진 집과 나무가 솟아나서 사람들의 헛된 상상력을 부추긴다. 아, 그동안 나는 얼마나 헛되이 공중누각을 그려왔던가. 공중에 떠 있는 누각을 향해 내용 없는 학식과 논리를 내세우고, 진실도 실체도 없는 일에 매달리고, 사물에 대한 근거 없는 추론을 얼마나 부질없이 해 왔던가.

나는 이제야 뼈저리게 후회한다. 그때 그 순간이 내 인생의 황금기였다는 것을, 그때 그 사람이 내 인생의 등불이었다는 것을, 그때 그 물건이 내 인생의 보배였다는 것을 왜 몰랐던가. 눈멀고 귀먼 사람처럼 그것을 알지 못하고 보고 듣지 못했다. 긴 그림자로 드리운 삶은 아무리 눈 비비고 보아도 실체는 보이지 않았고, 산다는 일은 깊이 들어갈수록 암중모색이었다. 언제나 목마름은 가까이 있고, 오아시스는 멀리 있었다.

호기롭던 꿈은 모두 어디로 사라진 것일까. 진정하지 못한 인간과 세상에 절망하면서 자꾸 페시미즘의 늪으로 빠져들어갔다. 모든 것이 신기루일 뿐, 이제 새롭게 서사를 복원하기에는 감정도 꿈도 확신도 없다. 모든 것이 떠나간 새벽 거리처럼 휑한 삶에는 헛헛한 환멸만이 남아있다. 서사가 사라진 삶에서 남아있는 껍데기 서정으로 무엇을 할 것인가.

언제나 신기루를 좇으며 삶의 길목에 서 있었다. 사막에서 처럼 인생에서도 신기루는 끊임없이 나타났다 사라졌다. 욕 망은 끝이 없었다. 오늘의 소망이 이루어지고 나면 또 다른 바람이 일어나고, 백일몽은 끝없이 들이닥쳐 못살게 굴었다. 힘들게 눈앞에 나타났던 오아시스가 사라지고 나면, 또 다른 오아시스가 나타나기를 기다렸다. 인생이 쓰러진 곳에서 또 다른 인생이 시작되기를 기다리고 있었지만, 오아시스는 쉽 게 나타나지 않았다. 오아시스는 절망과 어둠 속에서 조용히 자기를 되돌아볼 줄 아는 사람에게나 모습을 드러내는 듯했 다. 오아시스를 찾다 찾다 마침내 눈앞에 신기루가 나타나고, 신기루는 다시 눈앞에서 사라진다.

온종일 갈증을 참으며 사막 길을 달린다. 하루해가 지고 있지만, 물이 있는 호수와 풀과 나무가 우거진 숲은 나타나지 않는다. 돌연 낯선 짐승 한 마리가 눈앞을 가로질러 간다. 뒤 를 따라가 보니 아름답고 찬란한 호수가 펼쳐진다. 그러나 다 시 눈을 뜨고 보니 호수는 보이지 않고 막막한 사막이 이어진 다. 한평생 이렇게 허상을 좇아 허덕대며 살아온 것이 아닌 가. 긴 인생길을 거의 다 보내고 나서 이제야 비로소 이런 사실을 알 듯 말 듯 하다. 결단코 붙잡겠다고 숨가뻬 쫓아온 것이 기실 모두 허상이며 그림자일 뿐이었다. 그것은 모두 부질없는 신기루였다.

그래도 어둠이 지나고 아침이 오면 빛은 다시 온다. 신기루가 사라지면 또 길은 만들어지고 희망은 나타난다. 오아시스는 내가 부르고 찾는다고 쉽게 나타나지 않았다. 절망과 희망 사이에서 서성이다가 나타나고 싶을 때 나타나고 사라지고 싶을 때 사라진다. 그리고는 침묵한다. 사막에 대하여 하늘에 대하여 낙타에 대하여 죽음에 대하여 아무 말도 하지 않는다. 기다리다 지쳐 떠나고 싶은 사람은 떠나보내고, 그리워하다 잠든 사람은 잠들게 한다.

나는 오늘도 오아시스를 기다리고 있다. 입안에서 서걱대는 모래알을 씹으면서 아직 가야 할 길을 바라본다. 오아시스를 좇으며 목마른 사막을 건너는 낙타의 운명처럼, 나는 죽어도 오아시스에 목숨을 걸 수밖에 없다. 그것이 신기루처럼 금세 눈앞에서 사라진다 해도 오아시스에 닿고자 하는 욕망을 포기할 수 없다. 오아시스는 내 인생의 희망이며 절망이고, 축복이며 환멸이기 때문이다.

아버지의 바다

　　등대 아래 방파제에 앉아 바다를 바라본다. 눈앞에서 파도가 밀려왔다 밀려간다. 파도는 무슨 사연이 저리 많은지 금세 모든 이야기를 다 해줄 듯 다가왔다 사라진다. 밀물로 왔다가 썰물로 몸 바꾸어 떠나는 파도에는 언제나 만남과 헤어짐이 넘실댄다. 밤이 되어 사람들이 모두 돌아간 해변에는 갈 곳 없는 바닷새 몇 마리가 어둠 속을 서성이고 있다.

　　세월이 지나면 잊히는 것이 있는가 하면, 아무리 세월이 지나도 오히려 자꾸만 떠오르는 것이 있다. 오래전부터 돌아가신 아버지에 대해 언젠가는 글로 정리해봐야겠다고 생각하고 있었지만, 좀처럼 시작하지 못한 채 세월이 흘러갔다. 아버지에 대해서 무언가 글로 남긴다는 것이 왠지 불경스런 일로 여겨졌고 그 기억을 함부로 훼손한다는 생각이 들었기 때문이다. 그렇지만 아버지의 아들이 초로에 이르고, 그 아들이 또 아들을 낳는 끔찍한 시간의 윤회는 계속되었다. 아브라함이 이삭을 낳고, 이삭은 야곱을 낳고, 야곱은 유다와 그의 형제를 낳았듯이. 이제 이 일을 더는 미룰 수 없었다.

내가 바다를 찾는 것은 아버지가 몹시 그리워지거나 바다에 가면 혹시 아버지를 만날 수 있을 것이라는 생각이 들 때이다. 바다에서는 무언가 하고 싶은 말이 많아지지만, 지상의 언어는 썰물처럼 공허한 말이 되어 저 혼자 떠돈다. 아무에게도 아무런 말을 할 수 없을 때 바다는 더 무서웠다. 바다 비린내를 맡으며 바람이 불어오는 등대에 한참 동안 서 있다 보면, 아직도 머릿속에 남아 있는 아버지와의 아픈 결별의 기억이 파문으로 일렁인다.

아버지는 언제나 지독하게 엄격한 분이어서 그 앞에만 서면 무서운 바닷소리가 들렸다. 자신의 말이 곧 진리라고 생각하고 그를 따르지 않는 가족에게는 가차 없는 전제적 태도를 보였다. 아버지 앞에서 우리는 항상 숨을 죽이고 서로 눈치를 살피곤 했다. 세상의 모든 아버지는 성장하는 아들이 자신의 권력과 여자를 빼앗아 갈지 모른다는 열패감에 젖어 있다지만, 아버지는 유독 장남인 나에게 엄격한 가부장적 권위와 질서를 강조했다.

바다와는 쉽게 대화할 수 없었다. 바다는 나를 저물어 가는 해변에서 하릴없이 서성이는 저녁노을 같은 사람이 되게 만들었다. 모든 것 위에 군림하는 바다는 나의 언어와 존재를 송두리째 앗아가려 했다. 바다는 자신의 위대함을 보여주겠다는 듯 끊임없이 출렁이면서 현존을 과시한다. 넓은 품을 자랑하며 안겨 오라고 손짓했지만 좀처럼 다가갈 수 없었다. 오히려 그 엄격함과 철저함에 치를 떨었다. 차라리 멀리서 낙조와 함께 부유하는 섬이 되고 싶었다.

우리에게 정녕 바다는 무엇인가. 바다는 아득한 시원始原이자 지칠 줄 모르는 역동이고 마르지 않는 충만이다. 바다는 거부 없는 포용이며 경계 없는 통합이다. 바다는 가장 오래된 시원이지만 언제나 새롭다. 인간은 바다를 정복해 왔다고 말하지만, 바다는 결코 인간에게 정복된 적이 없다. 인간은 바다를 알은척하지만, 바다는 여전히 알 수 없는 세계이다. 바다는 거역할 수 없고 피할 수 없는 우주의 근원이다. 인간은 오랜 역사에 걸쳐 바다에 순응해 왔다. 아버지는 근원의 세계이어서 거부할 수도 회피할 수도 없었다. 나는 항상 건널 수 없는 바다 앞에 주저앉아 애닲게 우는 꿈을 꾸었다.

어머니의 바다는 달랐다. 온화하고 잔잔하고 풍요로운 바다의 다른 모습이었다. 어머니가 없었다면 집안은 일찌감치 망가지고 말았을 것이다. 바다의 장중함과 위용은 자신을 위대하게 만들지만, 바다의 포용성을 따르지 못한다. 바다가 진짜로 위대할 수 있는 것은 저 도저한 인내와 기다림 때문이다. 바다는 결코 잠드는 법이 없다. 낮이나 밤이나 몇십 년이고 몇백 년이고 멈추거나 중단됨이 없다. 아득한 세월의 아픔과 슬픔을 다 쓸어안고 기다려주는 저 바다의 깊은 속을 나는 헤아리지 못한다.

빛과 어둠의 조화가 세상을 이끄는 힘이듯이, 아버지와 어머니의 조화는 우리 가정을 이끄는 힘이었다. 깜깜한 밤바다 위에서도 그들은 흩어졌다 다시 이어지며 명멸하고 있었다. 어느 시간과 공간에서든 빛과 어둠이 조화롭게 공존하는 것이 곧 사랑이며 삶의 완성이라는 것을 알게 된 것은 오랜 시간이 지난 후였다.

파도가 밀려오고 밀려간다. 바다에서는 파도가 생겨나고, 파도가 모이고 이어져 바다가 된다. 바다는 파도를 만들고 파도는 바다를 만든다. 파도에 밀리고 밀리며 돌아서 우는 바다, 아무리 외면하고 등을 돌려도 바다는 또 나타났다. 바다가 저 혼자서 가슴을 깎아내리며 울듯이, 언젠가 아버지도 할머니의 제사상 앞에서 목놓아 울었다. 아버지의 울음소리는 곡비哭婢의 호곡 소리처럼 처절했다. 나는 그때나 지금이나 그 울음의 의미를 알지 못한다.

언젠가 아버지는 뜬금없이 온 가족이 모여 등대가 있는 바다 여행을 가자고 제안했다. 어머니가 아버지를 가까이에서 지키고 있을 뿐, 이제 가족들은 모두 뿔뿔이 흩어져 있다. 품 안의 자식이라고 성년이 다 된 자식들은 모두 직장에 다니거나 외국에서 공부한다며 저마다 바쁜 생활을 하고 있었다. 흩어진 가족, 이제 가족의 의미도 부서지는 파도의 포말 같은 것이 되어버렸다.

아마도 아버지는 마지막으로 가족이 모여 그동안의 불화와 갈등의 찌꺼기를 씻어내려고 했는지 모르겠지만, 바다 여행의 계획은 끝내 실현되지 못했다. 삶에서 결정적 계획은 언제나 실패와 좌절로 끝나곤 한다. 넓은 바다는 어둠이 찾아오면 형체도 없이 사라졌다가 다시 아침이 되면 항구 어디에선가 이별을 서러워하는 요란한 무적霧笛 소리와 함께 되돌아왔다.

임종을 앞두고 병상에서 아버지가 마지막 힘든 호흡을 몰아쉰다.

"아버지, 빨리 일어나세요. 바다 여행을 가셔야지요." 나의 말귀를 다 알아들으시는 듯 아버지는 내 손을 잡으며 간신히 이야기했다.

"아무래도 너희들과 바다 여행을 가기 힘들것다. 늦었다."

아버지의 "늦었다."는 마지막 말은 나에게 뼈저린 후회와 반성의 공명으로 울려왔다. 우리에게 모든 것은 너무 늦게 왔다가 너무 일찍 갔다. 무언가를 시작하려 하면 시간은 빨리 지나가버리고, 누군가를 사랑하려 하면 벌써 떠나버리고. 슬프고 허허롭게 남는 것은 이별의 손수건뿐이다.

아버지의 손은 겨울 바다같이 싸늘하게 식어갔다. 우리의 사랑하는 방식과 이별하는 방식은 언제나 서툴렀다. 그저 서로 다른 시선으로 등대같이 먼 바다만 바라볼 뿐이었다. 아버지가 고개를 떨어뜨리며 마침내 이 세상과 작별할 때, 팽팽하게 당겨져 있던 줄의 한쪽 끝이 뚝 끊어지는 느낌이 들었다. 그 순간, 아버지를 향해 들끓던 미움과 갈등의 감정들도 일시에 무화되었다. 바다는 그렇게 속절없이 잠잠해지고 말았다.

숨결의 마지막 온기마저 사라졌을 때, 나는 갑자기 언젠가 태풍이 지난 후에 바라보았던 허무의 바다를 생각했다. 아버지의 육탈한 영혼은 돌볼 겨를도 없이 쓸쓸하게 남은 바다와 같이 고요했다. 떠나가는 배 앞에는 가긍한 애도만이 남았다. 진실로 사랑하는 사람과 헤어질 때는 다시는 만나지 말자고 말한다고 한다. 나는 독하게 눈 감고 말했다. 저승에서는 좋은 자식 만나서 잘 사시라고, 다시는 만나지 말자고.

아버지의 식어버린 손은 내 손에서 떨어졌고, 나는 뜨거운 눈물을 쏟으며 마침내 아버지의 슬하에서 영원히 떠났다. 그러고는 즐겨 부르시던 「사의 찬미」도 「바다La Mer」도 영영 들을 수 없게 되었다.

오늘도 등대는 바다를 향해 지겹도록 앞만 바라보고 서 있다. 등대는 저 멀리 바다 건너 보이지 않는 세상과 사람들을 바라보고 싶어 한다. 등대 아래에서 밀려왔다 밀려가는 파도의 철썩임이 아버지에 대한 때늦은 회한을 일깨우고 있다. 왜 그렇게 그 바다를 받아들이지 못했던가. 강보에 누운 나를 맨 먼저 안아준 사람도, 이 세상에서 나를 가장 믿어준 사람도, 끝까지 나를 기다려 준 사람도 아버지였다. 아버지는 나의 파도였고 등대였고 포구였다. 오늘도 그 바다를 지켜본다.

이 청명한 날, 멀리 수평선 끝에 계실 아버지도 넘실대는 파도와 등대를 볼 수 있을까. 사랑은 가고 그리움만 남은 빈 바다에 햇살을 받은 윤슬이 반짝이며 일렁이고 있었다.

리스본행 야간열차

    기다리는 열차는 쉽게 오지 않았다. 이국땅 어두운 역사驛舍에서 열차를 기다리며 서성이는 동안, 밤공기를 뚫고 뼈저린 여수旅愁가 비수처럼 늑골 속으로 파고 들어왔다. 연신 하품을 해대는 낯선 외국사람들 사이에서 부대끼며 간신히 올라탄 열차의 차창에는 쓸쓸한 어둠이 먼저 와서 기다리고 있었다.

    나는 기차여행을 좋아한다. 기차를 타고 어디론가 멀리 떠나는 것은 삶에 대한 지독한 은유였다. 어디로 가고 있는가. 창밖으로 어떤 풍경을 보고 있는가. 함께 가고 있는 사람은 누구인가를 물으면서 나와 열차는 하나가 되어간다. 낮의 빛을 버리고 밤의 어둠 속으로 달려가는 야간열차의 모습은 더욱 아름다웠다.

　인생에서처럼 열차를 타는 일에서도 내가 할 수 있는 일은 그리 많지 않았다. 열차는 내가 원해서 탄 것이지만, 내려야 할 역은 멋대로 정할 수 없었다. 스스로 선택해서 내릴 수 있는 인생의 정거장은 많지 않았다. 때로는 정확한 목적지조차 모른다. 그저 어딘가로 가야 한다는 것, 마음대로 열차의 방향과 속도를 바꿀 수 없다는 것, 누가 운행하는지도 알 수 없는 상태로 운명을 맡기고 실려 갈 뿐이다. 그런데도 열차에 몸을 의탁해서 흔들리며 어딘가로 떠나갈 때의 자유와 해방감은 나를 행복하게 만들었다.

　유럽대륙의 마지막 항구도시 리스본으로 향하는 야간열차에 몸을 실었다. 어둠 속 차창 밖의 풍경은 보이지 않고 창에 얼비친 처량한 나의 모습만 보인다. 늦은 시간 야간열차를 타고 어디론가 떠나가다 보면 왠지 모르게 가슴 한편이 먹먹해 온다. 칠흑 같은 어둠을 가르고 한 줄기 빛을 남기며 질주한다는 것은 삶에 대한 환멸과 체념을 모두 내던지고 도피하는 길이다. 초로初老의 나이가 되도록 아직도 인생의 의미가 무엇인지 알지 못하는 사내의 절규 같은 소리를 지르며 리스본행 야간열차는 달리고 또 달렸다. 야간열차에는 제국주의의 잔혹한 역사도 혁명의 꿈도 없다. 그저 나날의 삶을 고단하게 살아가야 하는 사람들의 깊은 시름과 한숨이 있을 뿐이다. 열차 안 어디에선가 누군가의 깊은 한숨 소리가 들린다. 역사는 역사, 인생은 인생, 한숨은 한숨….

야간열차를 타고 가는 사람들 모습은 언제나 피곤하다. 차창 너머에 걸린 그믐달과 함께 사람들은 졸고 있었고, 깨어 있는 사람은 별 내용도 없는 석간신문을 이리저리 뒤적이고 있었다. 기다리고 있을 가족을 생각하고, 떠나간 사랑을 그리워하고, 어지러운 세상을 걱정하면서, 눈을 감고 무언가 생각에 잠겼다가 다시 눈을 뜬다. 야간열차에는 얼룩지고 피곤한 표정의 사람들이 세상 끝까지 가보겠다는 듯 좁은 의자에 몸을 깊숙이 구겨 넣고 앉아 있다. 창밖의 어둠을 내다보며 눈물로 방황하던 시간을 생각하는 사람에게서 쓸쓸함의 체취는 더욱 진하게 전해온다. 아닌 척하고 있지만 모두 속울음을 삼키고 있다. 그들은 모두 하나인 것 같지만 영원히 하나일 수 없다.

가슴속 할 말은 많아도 차창에 어른대는 얼굴과 어둠만 바라보면서 모두 침묵하고 있었다. 때론 산다는 것이 봄날처럼 즐겁고 흥겨웠지만, 때론 피를 토하듯 힘겹게 살다가 귀향하는 탕자蕩子의 마음 같다는 것을 사람들은 알고 있다. 하고 싶은 말보다는 듣고 싶은 말이 더 많은 시간이다. 우리는 그저 흘낏흘낏 서로 바라만 보았다. 모두는 그저 외로운 혼자였다.

　야간열차를 타고 어딘가로 달려갈 때는 자꾸 많은 생각이 떠오른다. 시베리아 횡단열차를 타고 떠나가던 기나긴 여정 속에서, 바라나시의 갠지스로 달려가던 인도의 새벽열차에서, 사라진 잉카족을 만나기 위해 마추픽추로 향하던 협궤열차에서, 나는 늘 많은 생각에 잠기곤 했다. 리스본행 야간열차와 하나가 되어 흔들대면서 인간에게 운명이란 무엇이며 삶에서 우연이란 무엇일까 하는 생각을 계속한다. 벼랑 끝에 몰린 짐승처럼 가쁜 호흡을 내뱉으며 힘들게 달려가는 야간열차는 삶이 무엇인지 운명이 무엇인지 모른다. 나는 흔들대며 자꾸 묻는다. 열차는 절규하듯 거친 숨만 내쉬며 달린다.

　인생은 그랬다. 무언가 열심히 계획해 두면 그것은 엉뚱하게 뒤틀어지고, 우연은 운명처럼 갈 길을 가로막았다. 그러면서 펄펄 끓던 젊은 시절의 생생한 떨림은 마른 명태같이 시들어 갔다. 인생은 내가 사는 것이 아니라 산다고 상상하는 것일 뿐이었다. 인생에서 가장 두려운 것은 생각한 대로 계획한 대로 살 수 없다는 것이었다. 인생은 제멋대로였다. 〈리스본행 야간열차〉에서 그레고리우스가 뜻밖의 우연으로 다리 위에서 자살하려는 여인을 만나게 되고, 그녀가 남긴 책과 승차권을 들고 리스본행 야간열차를 타는 것과 같이.

우리는 인생을 다 알은척하지만 아는 것이 별로 없다. 기나긴 삶을 살고 많은 경험을 했다지만, 진정으로 알고 있는 것은 아주 작은 부분일 뿐이다. 그나마 껍데기일 뿐, 그 심연에 무엇이 담겨 있는지 오리무중이다. 지금까지 열심히 책을 통해서 혹은 삶을 통해서 힘들게 얻은 지식과 경험이 빙산 한 조각에 불과한 것이라면, 나머지는 얼마나 긴 항해 후에 알게 될 것인가. 한 생이 이렇게 저물어 가고 있는 지금까지 알 수 없는 것을 대체 언제 깨달을 수 있단 말인가.

삶의 방향을 완전히 바꾸는 결정적 순간은 엄숙하고 거창한 교향곡처럼 오는 것이 아니라, 조용하게 몰래 다가오는 고양이처럼 믿을 수 없는 우연으로 찾아온다. 진정한 인생의 연출자는 우연이 아니던가. 언제 인생이 우리에게 친절하게 가야 할 길을 알려준 적 있던가. 내가 여행지에서 만나는 낯선 세상의 모습, 사람과 사건은 모두 우연의 연속일 뿐이다.

다시 지도를 꺼내 놓고 비행기와 기차를 타고 가서 만나게 될 저 세상과의 우연을 생각해 본다. 시간은 자꾸 지나가고 인생은 거의 끝나 가는데, 사람들은 자신을 돌아보지 않고 그의 영혼도 남의 것인 양 물끄러미 바라만 본다. 영혼의 떨림 없이 사는 것이 어찌 진짜 삶이 될 수 있는가. 태워라, 모두 태워라. 무엇을 주저하고 무엇을 아까워하는가. 이 세상을 위해서가 아니라 나를 위해서 목젖 떨며 뜨겁게 울어라. 한번 떠난 열차는 다시 되돌아오지 않는다.

꾸불거리고 덜컹거리는 열차의 복도에 누군가가 우두커니 서 있다. 그가 서 있는 자리는 내가 서 있는 자리와는 다른 곳이다. 둘 사이에는 다른 불빛이 비치고 있다. 불빛은 내가 마음대로 결정할 수 없다. 해가 뜨고 낮이 되었다가 황혼이 오고 밤이 왔다. 모두 다른 시간에서 다른 삶의 불빛을 바라본다. 비가 오고 눈이 오고 폭풍이 몰아친다. 사람들은 다른 처마끝에서 하늘과 땅을 바라보며 행복과 불행을 느낀다. 열차가 정차한다. 어디에 정차했는지 보려고 창밖으로 목을 내민다. 정차한 역에는 이정표가 없다. 길 잃은 영혼들은 갈팡질팡한다.

우리는 모두 일그러지고 상처받은 영혼이다. 누군가에게 주는 믿음, 변치 않을 것 같은 우정과 사랑, 무언가를 위한 강렬한 열망, 이 모든 것은 결국 깨어지고 버려진다. 우리는 모두 끝내 도망치는 그림자 같은 영혼을 지니고 살아간다. 모든 것이 어둠에 젖은 이맘때 돌아보면 누구나 저마다의 고통과 상처를 안고 있는 것을, 손 내밀어 잡아 줄 수도 없다. 모두 벽 속에 갇힌 어둠이 되어 숨죽이고 있다. 둘러봐도 새로이 맺을 인연도 없고, 팍팍하고 헐벗은 잿빛 가슴에 더 담을 푸른 희망도 없다. 그저 그립고 아쉬운 시간을 기억하며 회한의 눈물을 차창 밖 어둠으로 던질 뿐이다.

이제 밤이 지나고 새벽이 오면 그리움도 아쉬움도 모두 뒤로하고 열차는 어딘가에 멈출 것이다. 가기로 작정하면 열차가 잠시 멈춘들 무슨 문제이겠는가. 열차는 종착역을 향해 가고 있고, 시간은 영원으로 떠날 채비를 하고 있다. 밤새워 열차와 함께 앞만 보며 달려왔지만, 어느 곳을 지나왔는지 기억이 없다. 이제 곧 종착역에 닿을 시간이다. 누군가와 어디에서 왔다가 어디로 가느냐고 묻고 답한들, 그것이 무슨 의미가 있겠는가.

마침내 리스본행 야간열차는 종착역에 도착한다. 사람들은 분주한 발걸음으로 제 갈 길을 재촉한다. 밤새워 열차가 달려온 방향을 한참 동안 바라본다. 열차와 함께 지나온 곳에는 내 경박한 실존의 흔적만이 여기저기 뒹굴고 있을 것이다.

어딘가를 떠돌다 또 다른 우연을 만나기 위해 열차에 몸을 싣는다. 새로운 여행은 그렇게 다시 시작되었다.

후박나무가 있던 자리

　　오랜만에 제주 오름의 숲길을 걷는다. 산과 들에 단풍이 울긋불긋 피는가 싶더니 어느새 낙엽이 되어 떨어진다. 올해도 곧 겨울의 삭풍과 추위가 닥쳐올 일이 남아있고, 또 무심히 흘러가는 세월 속으로 한 해를 보내야 할 시간이 성큼 다가왔다.

　　힘들게 찾아간 숲속 깊은 분화구에는 몇백 년은 족히 됨직한 후박나무가 단정하면서도 웅대한 위용을 자랑하며 서 있다. 후박나무는 그 이름대로 후덕한 품새로 산과 하늘을 머리에 이고, 그 아래에서 감탄사를 연발하는 사람들을 푸르게 만든다.

　　나무는 저 자리에서 얼마나 많은 인고의 세월을 견뎌왔기에 저리도 당당하고 의연한 모습을 하고 있을까. 한 톨의 작은 씨앗이 대지에 몸을 기대어 뿌리를 내리고, 저렇게 가지 무성한 잎새들을 내밀기까지 얼마나 긴 풍상을 참아왔을까. 나무와 그가 선 자리와 세월에 절로 머리가 숙어진다. 지난여름 모든 것을 녹여버릴 듯했던 폭염도 나무 그늘은 시원하게 식혀주었을 것이다. 그뿐인가. 지나가는 바람과 새들에게도 자신의 자리를 내어주고 노래를 들려주었을 나무의 덕을 바라본다. 그저 몸만 자연 속에 자리하고 있는 것이 아니라 누군가를 위해서 자신의 몸까지도 기꺼이 내어주는 헌신의 깨우침을 나무는 일러준다. 나무는 인간같이 어딘가로 등정登頂하거나 정복하지 않는다. 살며 사랑할 시간이 얼마 남지 않았다는 듯이 매순간 열심히 아름답게 살아갈 뿐이다.

나무는 인간에게 서늘한 그늘과 푸른 마음을 주지만 인간은 무엇을 하는가. 사람들은 봄에는 산나물을 뜯기 위해서, 가을에는 밤과 도토리 같은 열매를 얻기 위해서 숲에서 한바탕 전쟁을 치른다. 그냥 재미 삼아 하나 둘 줍는 것이 아니라 나무를 차고 흔들어 송두리째 쓸어가야 직성이 풀린다. 낙엽 사이로 부끄러운 듯 귀엽게 얼굴을 내밀고 있던 도토리를 언제부터인가 보기 힘들다.

숲속 어딘가에서는 다람쥐들도 벌써 겨울 채비를 하기 위해 분주히 움직인다. 사람들이 밤과 도토리를 독차지하기 전에 그들도 겨우살이를 준비하고 있다. 인간의 탐욕에 맞서겠다는 듯 다람쥐들의 경쟁도 만만치 않다. 다람쥐는 자신이 먹을 양의 몇 배나 되는 도토리와 밤을 모아서 땅속 여기저기 묻어 둔다. 그러고는 어디에 숨겨 두었는지를 잊어버린다. 혹시 이것이 인간으로부터 배운 탐욕이라는 못된 가르침 탓이나 아닌지.

그나마 땅속에 묻어둔 다람쥐의 욕심은 거름이 되거나 나중에 다시 태어날 싹이 될지 모른다. 그러나 인간의 욕심은 차원이 다르다. 인간의 욕심에는 나머지라는 것이 없다. 있다고 하더라도 자신이 못 먹을지언정 끝까지 가슴에 부둥켜안고 있으려 한다. 동물의 왕국에서 호랑이와 사자는 닥치는 대로 짐승들을 잡아먹는 먹성을 지니고 있지만, 인간의 먹성도 결코 이에 뒤지지 않는다. 짐승들은 자신이 먹을 양을 어느 정도 채우면 건강을 위해 절제도 한다지만, 인간은 과잉의 영양분이 몸에 축적되어 건강에 이상이 생겨도 중단하는 법이 없다. 그래서인지 요즘은 온통 먹는 방송뿐이다. 대체 얼마나 먹어야 직성이 풀리는 것일까. 먹는 즐거움을 억제치 못하는 것은 물론 자동차와 집과 돈에 대한 욕망도 절제치 못한다.

선조들은 보릿고개를 감수하면서도 감이나 대추를 따면서

'까치밥'은 꼭 남겨 두었다. 기르는 소나 말도 단순히 재산이나 일 시키는 대상으로서만이 아니라 동료로 여겼다. 어린 시절 시골 외가 할아버지는 논과 밭에서 힘들게 일하고 돌아오면서 다리가 아파도 일부러 소달구지에 몸을 싣지 않고 걸어오시던 모습이 기억난다. 비록 말 못 하는 짐승이지만 그들을 내 몸처럼 아끼고 사랑하던 마음을 간직하고 있었기 때문일 것이다. 이런 소중한 마음이 이제는 모두 사라져 버렸다.

추락하여 기억 속 이름으로만 남은 마른 낙엽 위를 사각사각 소리 내며 걷는다. 이 낙엽이 모두 돈이 되거나 황금으로 변해 버린다면, 사람들은 돈으로 변한 낙엽을 쓸어 모으기 위해서 또다시 엄청난 전쟁을 치를 것이 아닐까. 사람들은 자나깨나 돈타령이다. 돈 때문에 광분해 있다 해도 지나치지 않다. 돈이 있으면 안 되는 일이 없는 세상이다. 돈 때문에 사람을 죽이고, 사랑도 명예도 권력도 모두 돈으로 얻을 수 있다고 생각한다. 도심의 네거리에 서서 분주히 발걸음을 재촉하는 사람들을 바라보고 있으면 저들이 모두 돈 때문에 저렇게 움직이고 있는 것이 아닌가 하는 부질없는 생각마저 든다. 아무리 자본주의 사회의 물화된 세상이라 하지만 사람들은 돈을 생명으로 여긴다.

낙엽이 이렇게 낙엽으로 남아있는 것이 얼마나 큰 다행인지 모르겠다. 그래야만 우리는 내년에도 그 후에도 후손들이 숲길을 걸으면서 생명과 가을의 소중함을 만끽할 수 있을 것이다. 살아있는 모든 것은 산 채로 제자리에서 자기의 역할을 하고 있어야 한다. 인간이 만들어가는 억압과 폭력의 비생명성과 비인간화는 자연에서도 예외가 없다. 숲 곳곳에 '출입금지' 'CCTV 촬영 중'이라는 협박성 경고 문구와 철조망을 바라보면서, 자연 속에서도 인간의 마음은 예외없이 삭막하고 황폐하다는 참담함을 느낀다. 먼 훗날, 인간이 지나간 자리에는 무엇이 남게 될까. 인간이 아무리 아등바등해도 저 나무 아래 한 줌의 흙이 되어 묻히고 말 것이다.

겨울이면 때로 무서운 절망감이 엄습해 온다. 모든 것이 시들기 때문이다. 모든 잎사귀가 땅으로 떨어진다, 인간은 늙어서 병들고 시들어 죽는다. 식물은 완전히 죽은 것처럼 보이지만 썩은 나뭇가지에서 새로운 생명이 돋아나고 싱싱한 초록이 되어 다시 태어난다. 나무와 잎이 썩는 것은 다시 태어나기 위해 잠시 정지하는 것이지만, 인간은 썩어 완전히 소멸하고 만다. 인간에게는 한번 지나가면 봄이 없지만, 식물은 지나간 시간을 이기고 새로이 태어나 젊어진다. 다시 태어나고 젊어지는 식물이 부럽기 그지없다. 저들은 늙고 시들어도 울지 않는다. 봄이 저들에게 새 생명과 청춘을 주기 때문이다. 식물은 죽어도 다시 시작할 수 있지만, 인간은 그럴 수 없는 슬픈 운명을 지니고 있다.

신비로운 부활이 인간에게는 왜 없는 것인가. 인생이란 불가역적이기 때문에 인간은 저렇게 탐욕하고 집착하면서 살아가는 것인지 모른다. 식물은 옛날의 모습, 앞으로 되어가야 할 모습을 꿈꿀 수 있다. 식물은 우리가 소원하는 영원을 꿈꾸면서 살아간다. 그렇지만 인간은 이성과 이상으로 최고의 삶을 꿈꾸지만, 종국에는 허무한 죽음에 이르고 만다. 이 세상에 죽음만큼 확실한 것은 없다. 사람들은 먹고사는 것은 열심히 준비하면서도 죽음은 준비하지 않는다. 삶만큼 죽음도 중요할 것인데 죽음은 생각하기를 싫어하고 외면한다. 우리의 삶이 힘든 것은 모든 사람이 너무 자신의 자식만을 섬기는 데 열중하기 때문이다. 자연은 그렇지 않다. 자연은 개인의 행복보다는 종의 개체 모두가 공존하고자 하는 마음 때문에 함께 실아갈 수 있다.

인간이 만드는 기술과 자본의 질서는 땅의 질서와 대립한다. 나무와 도토리는 자연과 땅의 질서가 만든 산물이다. 자연은 분별과 차이를 모른다. 서로 차별하지 않으므로 다름이 없고 다툴 일이 없다. 서로 다툴 일이 없으므로 만물은 저마다 제 자리에서 욕심 없이 시비 없이 서 있게 된다. 인간과 나무, 다람쥐와 도토리가 모두 제 자리에서 욕심내지 않고 자신의 역할을 하면서 살아갈 때, 이 세상은 더 아름답고 평화로운 생명의 공간이 될 수 있다.

늦어진 가을 숲은 금세 바람이 차고 새색시 얼굴 같던 노을도 어느새 사라지고 없다. 가을이 웅성이는 산속에 더 머물러 있을 수 없다. 이제 서둘러 산을 내려가 나의 자리로 돌아가야 한다. 그래야 후박나무 곁에는 또 다른 손님이 찾아올 것이다.

밤비 내리는
소리를 들으며

　　봄 가뭄을 뚫고 세상을 해갈하는 봄비가 밤
새 내린다. 창밖에서 후둑후둑 쏟아지는 밤비 내리는 소리는
바흐의 음악처럼 감미롭게 또 강렬하게 귓전에 울려온다.

　　빗줄기가 거세져서 창문을 닫았다. 평소에도 늦은 시간까
지 책을 읽거나 글을 쓰고 음악을 들으며 밤을 새곤 하지만,
밤비 내리는 날에는 더욱 깊은 상념에 젖어든다. 비는 이 험
난한 세상을 식혀줄 뿐 아니라 마음도 식혀준다. 밀린 생각
들을 끄집어내 차분히 지나온 시간들을 되새김질하면서 반성
과 사유의 시간을 갖게 한다. 밤비 오는 날 책을 읽으면 종이
에 빗물이 스미듯 마음에 쏙쏙 박혀 들어오고, 음악 또한 가
슴 저 깊은 곳을 흔들며 다가온다. 그래서인지 비 오는 날 들

는 음악은 훨씬 깊은 음색으로 영혼의 현을 울린다.

　빗소리를 들으면서 세상과 사물과 나는 하나가 된다. 밤늦은 시간, 지금 깨어 있는 것은 나와 빗소리와 음악 소리와 주변에 흩어진 사물들뿐이다. 이들은 모두 하나로 이어진다. 비는 내면으로 향한 여행의 출발점이 되면서 외로운 사람을 더욱 고독하게 만든다. 고독이란 흩어진 자아를 한자리에 모으는 소실점과 같은 것이다. 밤비 내리는 소리를 들으면서 나는 자신을 찾아 내밀하고도 호젓한 여행길을 떠난다.

　고독하다는 것이 반드시 외롭고 힘든 것만은 아니다. 고독은 혼자의 외로움을 견뎌낼 만큼 강인한 정신을 가진 사람에게 주어지는 축복이다. 고독이야말로 생각하고 추론하는 방법을 제공한다. 고독이 없으면 우리는 존재할 수 없다. 데카르트도 칸트도 니체도 홀로 살아가다가 절대 고독의 상황에서 죽었다. 내가 감히 저들의 먼발치에도 닿을 수 없을 것이지만, 삶에 드리워지는 피할 수 없는 고독은 세상과 인생을 새롭게 사유할 수 있게 하는 큰 선물이다. 진부한 말이지만 인생은 어차피 혼자 와서 혼자 가는 것이 아니던가. 산에 오르는 사람이 비바람과 눈보라 속을 걷고 또 걸어 정상에 오르듯이, 우리는 자기 앞에 놓인 시간과 고독하게 싸워서 마침내 어딘가에 당도하게 된다.

인간으로 태어나 힘든 삶의 길을 여태 무사히 살아올 수 있었다는 것은 정말 큰 행운이다. 촛불을 밝히고 밤비 내리는 소리를 들으며 이런 글을 쓸 수 있는 것도 인간으로서 귀한 영혼과 육체를 가지고 태어났기 때문이다. 나는 강아지나 개미로 태어날 수도 있었을 것이고, 비가 되고 눈이 되어 한순간에 사라질 수도 있었을 것이다. 다행히 지금 이 시간 이곳에서 인간으로 숨쉬며 살아가고 있다는 고귀한 축복에 대해서 부모님과 조물주에게 한없는 감사를 드린다. 영혼과 육체가 살아 숨쉬는 아름답고 고귀한 순간이 있기에, 인생과 세상을 두고 고민하며 가슴 저 깊은 곳에서 뜨거운 눈물이 흘러나올 수 있다. 창밖의 비는 더욱 세차게 내리고 이런저런 생각도 빗줄기처럼 추적추적 흘러내린다.

밤비 내리는 소리는 자꾸 지나간 시간을 뒤흔들어 깨운다. 만날 사람을 그리워하고 떠날 사람을 염려하는 듯 빗줄기는 창문을 흔들고 있다. 창문을 타고 내리는 비는 자꾸 그리움, 아득함 같은 단어를 떠올리게 한다. 멀고 아득한 것이 아니라면 우리는 누군가를 그리워하지 않을 것이다. 쉽게 만날 수 없는 머나먼 곳에 있는 사람이기 때문에 그리움을 느낀다. 그리움은 아득한 것, 하늘 저 멀리서 희미하게 반짝이는 별 같은 것이다. 생각해보니 그동안 너무 많은 약속을 한 것 같다.

나 자신과 다른 사람들과 했던 많은 약속을 얼마나 지켰을까. 이제는 어떤 약속도 쉽게 하지도 지키지도 못할 것 같다. 봄날처럼 흘러가버린 세월이 밤비처럼 흘러내린다.

그동안 많은 봄을 맞이하고 떠나보냈다. 지나간 봄보다는 다가올 봄이 더 짧다는 것을 안다. 이제 인생에서 몇 번의 봄을 더 맞이할 것인가. 생각할수록 인생의 최고 시절은 봄바람을 맞고 있을 때였다. 바람 앞에서는 항상 힘들고 어려웠지만, 그래도 봄바람은 따뜻하고 부드러웠다. 오, 그 훈훈하던 봄바람이여, 충만하던 봄날의 빛이여! 그 찬란하고 아름답던 봄날을 새로 구워낸 빵을 떼어먹듯이 얼마나 함부로 소비했던가. 희망과 사랑으로 벅차오르던 봄날이 내게도 있었던가.

중년을 넘은 자들이 추억 속에서 되돌아보는 그리움과 아쉬움은 깊은 상처 덩어리다. 이제는 시행착오에 대한 수정도 새로운 도전도 할 수 없는 무력 속에서 지난 실패를 그냥 바라볼 수밖에 없다. 젊음의 용기와 패기는 자꾸 사라지고 모든 것에 신중하고 양보하는 일이 많아진다. 정신과 육체의 쇠락과 메마름을 바라보는 것은 슬픈 일이다. 젊은 시절의 들끓던 감정과 도전 대신에 노경老境의 신중함과 너그러움만이 자꾸 가슴속에 자리한다. 어느새 인생의 벼랑에 서서 앞으로 나아갈 수도 뒤로 물러설 수도 주저앉아 있을 수도 없는 시간에서 있다. 아무리 소리쳐 불러도 뒤돌아보지 않는 시간과 사람들을 그저 물끄러미 바라본다.

시간은 나에게 무한한 젊음의 아름다움과 희망을 주었지만, 이제 이 모든 것을 송두리째 거두어가려 하고 있다. 새로운 의식은 쌓이지 않고, 쌓인 의식은 자꾸 허물어져 간다. 뜨거운 감성도 조금씩 싸늘하게 식어간다. 시작해야 할 새로운 시간보다 끝내고 마감해야 할 시간이 더 많다는 것을 알려 준다. 모든 것을 주었다가 한순간에 빼앗아가는 시간의 폭력은 무자비하게 잔인하다. 세상 모든 일이 다 그렇듯이, 아름답고 찬란한 꽃들은 결국 허무하고 쓸쓸하게 떨어진다. 이 세상을 그리 빛내며 찬란하던 꽃들의 아름다운 시간도 영원한 것이 있던가.

창밖에서 빗물이 모여서 강으로 바다로 가듯이, 우리는 쉼없이 움직이면서 살아왔다. 삶은 움직이는 과정의 연속이었다. 자신을 내던지며 열심히 살아왔다. 잠시라도 쉬고 있으면 낙오라도 되는 듯 인생은 가던 길을 계속 달려가라고 재촉했다. 정지된 시간은 없었다. 멈추어 서서 삶을 냉정히 되돌아볼 시간도 없이 일상은 고요에 머물지 못하게 한다. 병이 들거나 전혀 생각지 못했던 어려움이 닥쳐 왔을 때에야 비로소 가던 길을 멈추고 등불에 비친 인생의 모습을 바라본다. 등불

에는 떠다니던 존재, 부서진 시간, 말로 설명할 수 없는 무엇
이 조명된다.

　누구나 위로를 받고 싶은 순간이 있다. 세상과 인간에 대
한 걱정을 다 버리고 모든 것을 말하고 싶은 순간이 있다. 밤
비 내리는 소리를 들으며 나는 누군가에게 모든 것을 다 이야
기하며 위로를 받고 싶다. 이 세상에서 혼자서 감당해야 할
짐과 슬픔을 앞에 두고 주저앉고 싶을 때가 얼머나 많았던가.
무엇을 어떻게 해야 할지 알 수 없을 때, 그때 비로소 인생의
진실은 조금씩 보였다. 나는 어디서 머물며 어디로 가려고 했
던가. 어느 길로 가야 할지 더이상 알 수 없어 주저앉아 있을
때, 그때가 바로 진정한 여행의 시작이었다. 앞으로 얼마나
더 대속代贖해야 이 세상과 사람들에 더 너그러워질 수 있을
까. 밤새 내리는 빗소리를 들으며 떠도는 섬에서 뭍을 그리던
로빈손 크루소의 심정이 이러했을까라는 생각이 든다. 깊어
가는 저녁은 자애로운 어머니의 긴 치맛자락이 되어 나를 안
아 준다.

　바흐의 선율이 귓가에 들려온다. 젊은 시절에 나는 바이올
린의 섬세하고 강렬한 선율을 좋아했지만, 이제는 첼로의 그
윽하고 무거운 선율이 더욱 좋다. 바흐의 음악은 깊어가는 가
을 숲을 스쳐가는 바람소리 같다. 바흐의 첼로 선율은 더없

이 장엄하고 서정적이다. 비 내리는 밤의 첼로 선율은 마음을 흔든다. "음악은 나의 생명이며, 나는 음악을 위해서 살고 있다."라고 바흐는 말했다. 그는 죽기 몇 달 전까지 그리고 실명 상태로 악보가 보이지 않는 상태에서도 작곡을 계속하여 수많은 음악을 만들어 내었다. 그 곡들을 만들어내기 위해 달빛 아래서 그렇게 악보를 들여다보다 실명에 이르고 만 것이다. '일그러진 진주'(바로크)의 시대와 함께 '시냇물'(바흐)도 흘러가 버리고 말았다.

어떤 길을 가든, 어떤 일을 하든, 어떤 소리와 색깔에 다가가든 제대로 살기 위해서는 하루하루 깨어나 최선을 다해야 한다고 생각했다. 잠들어 있는 삶은 곧 죽음을 의미하는 것이었다. 자유롭게 헤엄치는 영혼은 바닷속의 물고기처럼 해방과 생기를 가져다 준다. 이 세상에서 무언가가 되어 산다는 것은 항상 힘겨운 일이었다. 아무것도 아닌 것에서 무언가를 이룬다는 것은 무겁고 고통스런 일이었다. 누구에게나 가벼운 일상이 있을 뿐 가벼운 삶은 없다. 자신의 할 일을 매 순간 또렷이 자각하며 산다는 것은 버거운 일이지만, 그래야만 삶다운 삶을 살 수 있었다. 잠 못 이루며 고뇌하던 아쉽던 시간이 이제 뒤늦은 회한으로 다가온다. 지나간 시간은 해변에서 두 손으로 쥔 모래알처럼 손가락 사이에서 모두 빠져 나갔다.

가야 할 것은 기어코 떠나가지만 돌아올 것은 그리 많지 않을 것이다.

새벽녘에 비가 그치고 밤새 들려오던 빗소리도 조용해졌다. 창문을 여니 어느새 깨어난 푸른 초목들이 손짓을 하고, 물소리 때문에 잠들지 못한 새들이 수런대는 소리가 들려오기 시작한다. 기다렸다는 듯 아침 햇살도 사뿐대며 마당에 가득 방문했다. 다시 다가온 봄날에 소쩍새는 밤새 울어 댈 것이고, 여름의 천둥과 번개는 몸서리치게 세상을 흔들 것이다. 또 가을이 오면 낙엽은 화려한 시절을 거두며 떨어질 것이고, 겨울에는 나비같이 흰 눈이 펄펄 나릴 것이다. 그들을 바라보며 나도 저물어 갈 것이다.

나는 밤새 내리는 밤비 소리를 들으며 생의 소리를 들었다. 밤비와 함께 몸도 마음도 흠뻑 젖었다. 물기 머금은 삶의 무게는 더욱 무거워진 듯하다. 이제 나에게 생긴 모든 일에 행복해하고, 지금 함께 있는 이 모든 인연에 감사할 뿐이다.

자화상

거울 앞에 서서 내 모습을 한참씩 바라보는 습관이 생겼다. 평소 외모에는 별로 신경을 쓰지 않는지라 타고난 모습이 어디 가겠는가, 생긴 대로 살면 그만이라는 심정으로 살아왔다. 그런데 언제부터인가 거울 앞에서 이모저모 나의 모습을 살펴본다. 그러는 것은 단순히 외모 때문이 아니라 거울에 비친 표정을 통해서나마 진짜 내 모습이 어떤 것일까를 확인해보고 싶었기 때문이다. 그러면서 자화상을 그려본다면 나의 모습은 어떠할까 하는 호기심마저 발동한다.

동서양의 많은 화가는 자기 모습을 다양하게 그려 왔다. 자화상은 자신의 참모습을 가감 없이 그려내는 것이지만, 냉정하게 자신을 있는 대로 그려낸다는 것은 그리 쉬운 일이 아니다. 사람들은 자기의 아름답고 착한 모습을 보여주려 하지만 추하고 나쁜 모습은 보여주기 싫어한다. 삶이란 결국 매 순간 그것을 이끌어 가는 사람의 모습을 모아놓은 과정이 아닌가 싶다. 자신에게 주어진 삶을 만들고 운영해가는 순간의 표정을 가장 잘 보여주는 것이 자화상이다.

언젠가 국보 240호로 지정된 공재 윤두서의 「자화상」을 본 적이 있다. 이 자화상은 우리 회화사에서 전무후무한 걸작으로 꼽힌다. 「자화상」에서는 사람의 마음을 꿰뚫어 보는 듯한 강렬한 눈매, 꽉 다문 입술, 이글이글 타오르는 듯 꿈틀거리는 수염이 너무나 사실적이어서 한참 바라보고 있으면 무서운 느낌마저 든다. 눈은 거울 속의 자신을 바라보듯 정면을 뚫어지게 바라보고 있으며, 꽉 다물고 있는 두툼한 입술은 강렬한 인상을 준다. 볼은 약간 통통하고 수염은 터럭 한 올 한 올까지 세밀하게 표현되었다. 자신을 정시하는 듯한 자세는 진실한 인간의 모습이 무엇인가를 성찰하는 듯하다.

훌륭한 자화상이 어찌 윤두서에 그칠 것인가. 서양에서 자화상을 많이 남긴 화가로는 렘브란트와 빈센트 반 고흐를 꼽을 수 있다. 고흐의 미술을 가장 많이 소장하고 있는 네덜란드의 암스테르담 레이커스 미술관에는 항상 많은 사람이 붐빈다. 사람들은 고흐의 풍경화보다는 자화상을 더 열심히 본다. 나도 고흐의 진짜 모습을 읽기 위해 늦게까지 자화상 앞에서 어슬렁대다가 쫓겨난 적이 있다.

　고흐의 자화상은 프랑스의 오르세 미술관에도 있다. 고흐는 평생 36점의 자화상을 그린 것으로 알려졌는데, 그중에서도 오르세 미술관의 자화상은 단연 압권으로 평가된다. 자화상 앞에는 많은 사람이 웅성대고 있지만, 그들을 조롱이나 하듯이 고흐의 자화상은 지중해 푸른 바다와 같이 도도한 표정을 짓고 있다. 고흐가 그린 자화상에는 늘 그가 처한 삶의 상황이 잘 반영되어 있다. 특히 자화상에 나타난 눈빛과 복장을 보면, 그 속에는 삶에 대한 희망과 절망의 표정이 고스란히 드러난다. 오르세 미술관의 고흐 자화상은 파리 생활을 정리하고 아를로 떠나기로 한 후에 그린 그림이다. 눈빛과 표정에서 새로운 세계에 대한 희망과 자신감이 느껴진다. 파란색 작업복을 입은 자화상에는 앞으로 그림을 그리기 위해서라면 어떤 고난도 이겨내겠다는 굳은 의지가 엿보인다. 고흐는 왜 자신의 자화상을 비롯하여 인물화를 많이 그렸을까. 인물화야말로 한 인간과 삶의 모습을 가장 잘 표현하여 감동을 줄 수 있기 때문이다. 한 사람의 내면과 깊은 고뇌는 자화상을 통하여 가장 치열하게 표현될 수 있다. 자신의 귀를 자를 정도로 고통스러우면서도 고독한 예술가의 삶에 대하여 사람들은 공감과 연민을 느낀다. 예술가에게 자화상은 자신을 비추는 거울이다. 그의 삶을 압축해 보여주는 자화상은 작가를 찾아가는 여정이며, 그의 삶의 본질에 다가서는 열쇠이다.

고흐의 자화상을 관람하는 사람들을 나는 유심히 바라본다. 아마도 그들은 고흐처럼 자신의 내면을 한 번이라도 깊게 들여다보기를 원하는 사람이다. 괴롭고 고통스러운 삶의 경험이 많은 사람일수록 고흐의 모습에 더 많이 공감하는 것은 아닐까. 인물화를 통해서 표현하고자 한 것은 그 사람의 뿌리 깊은 고뇌라고 고흐는 말했다. 고흐는 자화상을 통해 삶과 존재의 내면을 있는 그대로 그려내고자 하였다. 그는 정신병원 철창 너머로 '별이 빛나는 밤'을 바라보면서 고독한 영혼의 소리를 들었을 것이다.

자화상을 그리고자 하는 작가의 마음에는 자기 응시의 의지가 담겨있다. 자기 응시의 용기란 내가 지금 어떻게 살아가고 있는가, 삶의 어디 즈음에 와 있는가를 정확하게 투시코자 하는 힘이며 자기 내면의 표현이기도 하다. 자화상을 그리기 위해 차분히 앉아 자신에 대해 곰곰이 생각하다 보면 '나'라는 대상을 보다 차분하고 객관적으로 바라보게 된다. 참회 없는 자서전이 변명에 불과하듯이, 자신의 모습을 냉정하고 정직하게 바라보지 못한 자화상은 허상에 불과하다. 자화상을 평가하는 진정한 잣대는 정직성이다. 정직한 자화상은 안과 밖이 상통한다. 겉에 드러난 얼굴과 안에 있는 정신이 서로 어울리지 못한 자화상은 진정한 자화상이라 할 수 없다.

오늘날 많은 사람은 외면의 모습만 소중하게 여기지만, 진짜 중요한 것은 내면의 모습일 것이다. 현재의 나의 모습보다 미래의 나의 모습이 세상에 어떻게 남을 것인가를 생각하는 거야말로 인간다운 삶의 척도가 아닌가 싶다. 각박하고 어지러운 세상에서 살아가는 탓인지 자신의 모습을 냉정하게 살피거나 생각하는 사람이 드물다. 세상이 자신을 어떻게 바라보든 말든 자신의 부끄러운 모습을 여과 없이 그대로 간직하고 드러내며 살아가고 있다.

다른 사람의 눈에는 내가 어떻게 보일까. 보잘것없는 사람, 괴팍스러운 사람, 물질과 명예만 추구하는 탐욕 덩어리로 보이지는 않을까. 사람의 육신은 죽어서 한줌 흙으로 돌아가지만, 그 사람 생전의 명예는 영원히 남는다고 한다. 죽은 후 묘비명에 남는 칭찬이나 비난은 생전에 자신이 스스로 써 낸 삶의 결실이라고 할 수 있다. 그동안 나는 얼마나 정직하게 살아왔는가, 무엇이 좋은 삶이고 행복한 삶이냐에 대한 고민은 얼마나 정직하고 성실하게 살아왔는가에 대한 내면의 질문과 같은 것이다.

아침나절, 거울 앞에서 오랜 시간 동안 나의 모습을 바라보고 있다. 그동안 아무리 정직하고 열심히 살아왔다고 자부해 보지만, 저 어둠의 심연 속에서 우글대고 있던 욕망과 위선의 모습이 두렵기만 하다. 오늘은 서툰 솜씨로나마 자화상을 한번 그려 보고 싶다.

물숨

    할머니는 오늘도 태왁을 지고 물질을 나간
다. 등 뒤의 짙은 햇살이 할머니의 그림자를 더욱 길고 무겁
게 드리운다. 삼십 년째 해온 해녀 생활이지만 요즘은 자꾸
힘겹다는 생각이 든다.

    가까운 바다 위에는 주황색 꽃의 향연이 수놓아져 있다.
주황 꽃은 해녀들이 바닷속으로 메고 들어갈 생명의 좌표인
태왁이다. 태왁, 망사리, 물안경, 오리발이면 족하다. 해녀들
은 해삼, 전복, 성게 같은 해산물을 채취하기 위해 수없는 자
맥질을 반복한다. 주위에서는 '휘익~휘익~' 하는 휘파람 소
리가 울린다. 해녀들이 숨을 참았다가 한꺼번에 내쉬는 숨비
소리다. 바닷속에서 해산물을 따는 물질을 하고 있다는 알림

이자 표시다.

"내가 바다에 들어가는 건 꼭 돈벌이 때문은 아녀. 저 바다에 대한 징한 정 때문이여. 바다는 내 어머니 가슴 같아서, 피붙이 같아서여. 난 영감 없인 살아도 바다 없인 못 살아."

할머니 마음을 아는 듯 모르는 듯 파도는 저만치 물러났다 다시 몰려온다. 생명체에게 '숨'은 곧 살아있다는 증거이다. 숨은 선천적으로 타고난다. 숨은 해녀들의 계급을 나누는 가장 중요한 기준이며 삶과 죽음이 갈라지는 경계이다. 숨의 길이에 따라 하군·중군·상군의 계급이 나누어지지만, 계급이 높을수록 깊은 곳에서 물질하는 상군해녀에게 바다는 더 큰 위험을 준다. 뭍이든 물이든 숨을 더 쉬고자 하는 욕망은 어디서나 존재하지 않는가. 뭍에서는 출세하고자 명예를 얻고자 돈을 벌고자 하는 욕망이 결국 사람을 타락시키지만, 물에서는 조금 더 숨을 쉬면서 더 많은 것을 채취하고자 하는 욕망이 결국 해녀를 죽음의 길로 데려간다. 물속에서의 숨, '물숨'은 죽음의 다른 이름이다. 자신의 능력을 넘어서고자 하는 웃자란 욕망의 상징인 '물숨'은 해녀를 죽음으로 이끈다.

인간에게 생명은 무엇이고 죽음은 무엇인가. 인간은 생명이 있기에 탄생하고, 죽음이 있기에 멸망한다고 했다. 태어난 모든 생명도 죽음 앞에서는 유한하다. 사람이 살아서 활동할 수 있는 것은 모두 숨을 쉬고 있기 때문이다. 숨을 쉴 때 쉬고, 멈출 때 멈추는 것은 생명의 순리다.

자신이 숨을 쉬고 있는 동안에는 절대로 자식들 도움을 받지 않겠다는 것이 할머니의 신념이었다. 그렇게 숨을 멈춰가며 바다에서 얻은 것으로 살아가는 것이 해녀의 삶이다. 해녀에게 가장 중요한 '숨'은 곧 빛이자 생명이었다. 숨을 쉬어야 살아갈 수 있고, 숨을 쉬어야 바다로 들어갈 수 있었다.

할머니는 평생을 바다에서 물질하며 살아온 상군해녀이다. 바다는 사람들을 먹여 살려온 어머니의 품과 같은 곳이다. 바다는 생명과 은혜의 끝없는 터전이다. 일생 테왁을 메고 바다로 달려가 그곳에서 채취해온 해산물로 자식들을 키우고 가정을 일으켰다. 바다는 할머니에게 먹을 것, 입을 것. 사랑과 추억도 주었다. "난 저승에 가서 돈 벌어 이승에서 쓰는 겨." 할머니가 입버릇처럼 하는 말이다.

해녀는 바다에서 생사를 넘나들며 일을 한다. 식사도 거른 채 물 한 모금 마시지 못하고 두세 시간씩 물속에서 보낸다. 해녀들은 목숨을 걸고 일하고 그들이 채취한 해산물은 바로 생명의 대가물이다. 눈앞에 전복과 소라와 미역이 보이지만 욕심을 내면 안 된다. '조금만 더!'라고 욕심을 부리면 바다는 이를 용서치 않는다. 바다는 한없이 고요하게 모든 것을 베풀어 주는 무욕의 공간이지만, 자신을 탐욕과 이용의 대상으로 생각하며 다가오면 용서치 않는다. 욕망을 다스리며 바다에 순응하며 살아가면 자기 삶의 터전이 되지만, 욕망에 눈이 멀어 자신의 숨을 넘어서는 순간에 바다는 무덤이 된다.

해녀의 삶이란 목숨을 저당 잡힌 채 주황색 혼백 상자를 등에 진 채 바다로 가는 일이다. 물숨을 먹는 행위는 혼백 상자를 짊어지게 되는 순간부터 시작된다. 목숨을 담보해야 무언가가 얻어질 수 있는 삶, 그것이 해녀의 삶이다. 그래서 그녀들에게는 "해녀로 태어나느니 소로 태어나는 것이 낫다."라는 말이 있다.

할머니도 언제부터인가 바다가 두려워지기 시작했다. 바다는 무서웠다. 시퍼런 파도가 날을 세우며 삼킬 듯 달려들어도 할머니는 바다로 뛰어들 수밖에 없었다. 때로 살아가는 기쁨이 되고 때로 죽어 가는 고통이 되어도 늙은 몸을 이끌고 바다로 갔다. 생명과 죽음을 주는 바다의 양면성, 살아도 죽어도 외면할 수도 버릴 수도 없는 저 지긋지긋한 바다, 그것은 곧 할머니의 운명이었다. 바다에 들어가면 숨은 막히고 머리도 아프지만 마음만은 편안했다.

한동안 할머니는 건강이 좋지 않아서 물질을 그만둔 적이 있다. 그러나 육지로 나간 자식이 사업을 망쳐 살림이 어려워지면서 중단했던 물질을 다시 시작했다. 사람들은 바다를 바라보며 낭만을 이야기하고 감상에 빠지지만 언제나 바다는 두렵고 무섭다. 다시는 저 바다에 들어가지 않으리. 바닷속에 들어가면 이 지상의 모든 탐욕과 욕심은 다 버려야 한다. 바다에서는 시간도 정지되고 기억도 사라진다. 바닷속에는 욕심 없이 유유히 헤엄치는 고기와 미역과 전복과 문어뿐이다. 그렇지만 그 속에서도 어김없이 인간의 욕망은 해초같이 일렁인다.

탐욕과 집착이 얼마나 많은 삶을 망쳐놓는가. 바다는 소라 속같이 뒤틀린 세상만큼 힘들고 버거운 상대였다. 『노인과 바다』에서 노인에게 목숨을 건 긴긴 항해 끝에 남은 것이라곤 한 조각 뼈뿐이었듯이, 한 망사리 가득 채취해온 전복과 소라와 미역은 생명이며 동시에 죽음이었다. 한평생을 물질해도 바닷속은 다 알지 못한다. 해녀의 생명 줄을 쥐고 있는 바다는 쉼 없이 할머니의 귓전에 속삭이듯 경고한다.

"눈에 보이는 전복이 아까워 허락한 숨을 넘는 순간 물숨을 먹는다."

목숨을 내걸어야 얻을 수 있는 저 눈물겨운 미역과 전복과 소라…. 그랬다. 그녀가 '숨'을 참은 대가는 이승의 밥이 되면서 동시에 저승의 노잣돈이 될 것이다. 그동안 할머니는 "욕

심을 버려라. 탐욕 해서는 안 된다."는 말을 삶의 신조로 삼아
왔다. 그 믿음이 자꾸 흔들린다.

오늘따라 바닷속은 유난히 맑고 푸르다. 눈앞에 손바닥보
다 큰 전복이 여럿 보인다. 저 전복들을 모두 따면 이번 명절
에 예쁜 손자 옷도 사줄 수 있고, 영감이 좋아하는 담배와 소
주도 사줄 수 있다.

'저걸 마저 따자. 조금만 더, 조금만 더!'

'안 된다, 안 된다. 그건 탐욕이다. 욕심을 버려라, 버려
라!'

파도가 할머니의 지친 몸뚱이를 철썩철썩 두들기며 가로
막는다.

"욕심부리지 말랑. 욕심 안 부리고 다시 와서 잡아도 되쿠
다. 그거 못 잡아 오고 버려두면 잃어버릴까 봐 잡아 오젠 허
당 보맨 거기서 물숨 먹는 거우다. 그거 한마디로 욕심, 탐
욕!"

망설임 끝에 할머니는 있는 힘을 다해서 손을 길게 뻗어본
다. 마지막 한 마리의 큰 전복을 잡기 위해 숨을 참으며 더 깊
이 들어갔다. 할머니의 손에는 전복 대신 저승사자의 검은 도
포 자락이 휘감겨 온다.

장례식을 마치고 할머니가 시신으로 떠오른 바다에 다시 섰다. 할머니를 삼킨 바다는 오늘도 아무 일 없었다는 듯 일렁대고 등대는 무심히 서 있다. 어디선가 끼룩대며 우는 갈매기의 울음소리가 할머니의 혼백을 달래는 진혼곡처럼 들려왔다.

2장

검은 강

공항이 텅 비었다. 보통 때 같으면 제주로 가는 항공편에 사람으로 붐벼야 할 시간이지만 한가하기 그지없다. 공항으로 오는 지하철에서도 마찬가지였다. 드문드문 앉은 사람들은 마스크를 쓴 채로 긴장된 표정이 역력하다. 그들에게서는 일상의 고달프고 힘든 표정도 모두 사라져버렸다. 어디선가 기침 소리가 들린다. 갑자기 격렬한 전류가 일어난 듯 놀란 표정의 시선들이 한곳으로 모인다.

중국 우한이라는 도시는 완전히 봉쇄되었다. 미국 CNN 방송 뉴스에서는 백인 한 명이 생필품을 사기 위해 어둠 속을 달려가는 장면이 나온다. 텅 빈 거리와 썰렁한 공항, 사람들이 가득한 임시 진료소, 공포에 질려 우왕좌왕하는 시민들,

뉴스 카메라는 이들을 따라 급박하게 움직인다. 이제 곧 거리에는 쓰레기가 쌓이고 버려진 강아지와 고양이만 돌아다닐 것이다. 그 많던 사람들은 모두 어디로 사라진 것일까.

제주에서도 두 번째 확진자가 나타났다는 뉴스가 나온다. 나와 같은 시간에 대구에서 비행기를 타고 온 군인이다. 사람들은 코로나바이러스가 가져올 극단적 상황과 비극적 예언을 마구 쏟아낸다. 지구의 종말이라도 다가온 듯 떠드는 소리를 한 귀로 흘려들으며 제주공항을 빠져나왔다. 그때까지만 해도 나는 이 질병에 대해 거의 심각성을 느끼지 못하고 있었다.

며칠이 지나자 갑자기 목이 붓고 아프기 시작했다. 목에 무엇인가 걸린 듯 이물감이 있고 침을 삼키기 힘들다. 평소에도 몸 상태가 좋지 않으면 목부터 아파 왔지만, 이번에는 더욱 심하다. 코로나바이러스에 감염된 것이 아닐까. 조바심이 나고 인터넷에서 본 왕관같이 생긴 바이러스의 이미지가 자꾸 눈앞에 어른거렸다.

그렇다. 그동안 인간이 이 세상과 자연과 다른 생명체에 저지른 죄악을 생각하면, 이제 그 죗값을 치를 때도 되었다. 고통에 시달리던 인간들도 참회의 눈물을 흘리다가 결국 어딘가에서 죽어갈 것이다. 미세먼지와 황사, 바이러스가 큰 재앙이 되어 인간의 생명을 모조리 앗아갈 때가 되었는가 보다. 요란한 사이렌 소리가 어디서 들려온다. 어느 병상에서 누군가가 싸늘한 시체가 되어 죽어가는 모습이 나타난다. 밤잠은 오지 않고 목은 더 심하게 아파 온다.

검은 강이 흐르고 그 위로 노을이 지고 있다. 저승에 뜬 달처럼 어두운 달빛이 강둑에 앉은 새들을 비춘다. 이대로는 안 된다. 이대로는 안 된다. 새들은 하나둘 강물에 몸을 던지고 있었다. 검은 강물에는 하얀 새 떼의 시신들이 넘실대고 있다. 자신의 둥지를 버리고 강물에 몸을 던지는 새들의 심정은 어떠할까. 새들에게 조금만 더 견뎌달라고 당부했지만 그들은 대답이 없다. 나는 저 무량한 존재의 소멸을 그저 애도할 따름이었다. 식은땀이 흐르고 오한에 몸이 떨렸다. 아침은 오지 않고 어둠의 밤은 계속되었다.

오래전에 읽었던 카뮈의 소설 『페스트』를 책장에서 찾아내 읽는다. 질병의 공포와 죽음, 극한 상황에 처한 인간의 운명은 어디서나 처참하다. 조용하고 평화로운 해안 도시 오랑에 갑작스레 쥐 떼들이 거리로 나와 죽어간다. 사람들은 공포에 질려 떨고 정부는 페스트를 선포하여 도시는 엄격하게 격리된다. 피할 수 없는 죽음 앞에서 여태 사람들을 하나로 묶었던 질서니 공동체니 하던 고리는 순식간에 다 부서져 버리고 만다.

재앙이란 모두가 겪는 것이지만, 그것이 정작 나의 머리 위에 떨어질 것이라고는 생각지 않는다. 그동안 이 세상에는 수많은 전쟁과 질병이 이어져 왔다. 전쟁에서 그렇듯 질병 앞에서도 사람들은 속수무책이다. 그저 '이 또한 지나가리라.'고 말할 뿐이다. 전쟁은 인간의 불화가 저지르는 가장 어리석은 짓이지만, 질병도 인간의 힘으로 어쩔 수 없는 일이라고 쉽게 포기한다. 인간의 어리석음은 그렇게 반복된다. 재앙에 당면해도 사람들은 불안과 믿음 사이에서 불가항력적으로 엉거주춤하게 서 있을 뿐이다. 나의 두려움도 그렇게 시작되고 있었다.

이틀을 참다가 마침내 병원을 찾았다. 한산한 거리와 달리 병원 내부는 사람들로 북적였다. 로비에는 열 감지 카메라와 손 소독제가 놓여 있다. 체온계를 들고 간호사가 열을 점검하는 동안 줄을 선 사람들은 모두 마스크를 쓴 채 벌벌 떨고 있다. 곧 있을 진단에 대한 불안과 아무 일 없을 거라는 막연한 믿음 사이에서 감정의 소용돌이가 파도처럼 일어났다. 나는 기죽은 복날 강아지같이 사람들 사이에서 웅크리고 서 있었다.

살아야 한다는 것, 살아있다는 것을 확인하는 것은 이렇게 힘든 일이구나. 삶은 살아있을 동안에만 소중하고 고귀한 것이지 죽어 소멸하는 순간, 사랑도 행복도 추억도 아무런 의미가 없는 것이다. 아무리 그렇더라도 인간으로서 최소한의 존엄과 삶의 의미가 송두리째 상실되어가는 현상에 서 있다는 사실은 괴로운 일이었다. 죽음이 불가역적이고 불수의적인 현상이라지만, 죽음은 삶의 모든 것을 너무 허망하게 무너뜨린다.

삶과 죽음은 따로 있지 않았다. 나의 존재는 오직 생명에 대한 확인을 통해서만 의미 있는 것이고, 아무리 한 줌도 안 될 존엄이지만 나의 개별성이 좌초되면 모든 것이 무화되는가. 그동안 바삐 살아오느라 삶에서 무엇이 소중하고 고귀한 것인가를 바라보고 생각할 여유가 없었다. 이제야 비로소 삶에서 누락해 버린 가치들, 사랑·절제·생명 같은 것을 너무 외면하며 살아온 것이 아니었던가 하는 회한이 나를 들볶았다. 참으로 고귀하고 존엄하다는 인간의 생명은 부질없는 것이라는 생각이 자꾸 들었다.

병원으로 오기 전의 시간이 갑자기 아득한 먼 옛날같이 느껴진다. 일상의 한순간 한순간이 얼마나 소중한 것들인지 새삼스럽기만 하다. 아침에 무사히 일어나 기지개를 켜며 하루를 시작하고, 세끼의 밥을 먹고, 시간에 쫓기며 원고를 어딘가로 보내야 하는 이 지긋지긋한 일상은 얼마나 경건하고 고귀한 것인가. 세상이 잠든 익명의 밤을 지새우며 어느 철학자의 책을 읽고 베토벤의 「운명」을 듣던 시간, 산책길에 피어난 저 꽃은 왜 피고 지며 어두운 밤하늘에 가득한 저 수많은 별은 왜 소중한 것인가를 묻던 시간, 꽃과 별들은 헐벗고 영세한 내 육체와 영혼보다도 더 아름답다고 생각하던 시간은 모두 어디로 가버렸나.

안온하고 평화롭던 일상의 경계를 넘어 문 하나를 통과하자마자 이런 끔찍한 세상이 펼쳐지고 있다. 경계를 넘는 일은 언제나 무섭고 두려운 일이지만, 사람들은 그것을 쉽고 가볍게 생각한다. 빛과 어둠, 삶과 죽음, 만남과 이별의 아득한 경계, 그 사이를 우리는 너무 경박하게 넘나든다. 죽음이 있기 때문에 삶이 더욱 소중하고, 어둠이 있기 때문에 빛은 더욱 찬란할 수 있다는 것을 망각한 채 그저 앞만 보고 열심히 살아간다.

마스크를 하고 있지만, 누군가의 입을 떠난 병균이 내 입속으로 들어오고 있다는 두려움이 엄습한다. 병원 안에는 '공포'라는 또 다른 바이러스가 공기 중에 떠다니고 있었다. 눈치를 살피다가 누군가가 가까이 오면 몸을 움츠린다. 서로를 믿지 못하고 서로에게 다가가지 못하는 이것은 분명히 저주

받은 역질疫疾의 풍경이다. 한 시간여 동안 기다린 후에 만난 의사는 이것 저것 묻더니 아직 특별한 증상이 없으니 며칠 후에 다시 오라고 한다. 지독한 소독약 냄새에 찌든 의사의 모습을 바라보며 말할 수 없는 연민의 마음이 들었다.

저녁에 시인인 친구에게서 안부 전화가 왔다. 낮 동안 병원에서 있었던 상황을 이야기하면서 물었다.

"우리에게 희망이 있는 것일까?" 그는 대답했다.

"희망? 세상에 대한 애착이 있다면 희망이 생기겠지."

명쾌한 답이다. 그렇지만 그 명쾌한 답이 더 이해하기 어렵다. 지구에는 계속 재앙이 다가오고 있는데, 맹목적으로 세상에 애착과 희망을 품어야 하는가. 머지않아 지구가 멸망할 거라는 이야기는 어제오늘 생긴 것이 아니다. 세상 곳곳에서 자연재해와 전쟁과 질병이 갈수록 확산하고 있는 것을 보면 이런 이야기가 언젠가 실현되기는 할 모양이다. 만물의 영장 운운하는 인간과 그 존엄이 참으로 아무것도 아닌 하찮은 바이러스에 의해 송두리째 흔들리는 인류, 무너지는 공동체, 이 지구는 이렇게 붕괴하고 말 것인가.

신이 오만한 인간에게 서로의 언어를 다르게 하는 바벨탑의 저주를 내린 거와 같이, 정신과 영혼을 도외시하고 갈수록 지나친 물질적 육체적 탐욕에만 빠져드는 인간에게 코로나라는 통렬한 경고를 한 것이 아닌가. 이런 상황이 계속된다면 사람들은 질병의 공포에 떨며 계속해서 마스크를 쓰고 다녀야 할 것이라는 끔찍한 생각이 든다.

집으로 돌아가기 위해 인적 드문 적막한 거리를 걷는다. "페스트균은 결코 소멸하지 않는다. 언젠가는 인간들에게 불행과 교훈을 가져다주기 위해 또다시 저 쥐들을 흔들어 깨울 것이다."라는 『페스트』의 대목이 자꾸 떠오른다.

어두운 하늘에서 새들이 우는 소리가 들린다. 이제 새들도 모두 떠날 준비를 하는가 보다. 아, 새들은 혼자 힘으로 먼 길을 가지만, 인간은 혼자 힘으로 몇 걸음도 못 간다. 나는 그저 주저앉아 이 세상의 슬픔을 슬퍼할 뿐이지만, 새들은 슬퍼하면서도 원양遠洋을 날아간다. 새들은 하늘로 갈 수 있지만, 인간은 어디로 갈 것인가. 새들이 떠난 세상은 더욱더 어둡고 적막할 것이다.

흘러가는 검은 강 위로 새들이 날아오른다. 나는 마스크를 벗어 던지고 새들이 날아가는 쪽으로 달려갔다.

풀무치의 집

어릴 때부터 집으로 가는 길은 멀고도 아득했다. 학교를 마치고 집으로 가는 길이 그렇게 멀게 느껴졌듯이, 노년에 이르러 이제야 조용한 마을에 아담한 집을 한 채 장만했다. 사람들은 허구한 날 아파트를 분양받는다 땅을 산다 했지만, 그동안 집 한 칸 없이 세상을 떠돌아다니다가 마침내 평생 소망하던 집을 마련하게 된 것이다.

인터넷과 우체부가 쉽게 찾아오기도 힘들고, 구름이 잠시 쉬었다 갈 수도 있고, 백석白石이 나타샤를 기다리던 마가리 같은 집이면 얼마나 좋을까. 그런 집이 되지는 못했지만 아침에는 새들이 근처 숲에서 지저귀고, 낮에는 풀벌레들이 마당에서 뛰어다니고, 밤이면 멀리서 개 짖는 소리가 들리는 집이 나에게는 과분하기 짝이 없다. 때로는 사람이 그리워 외로움이 목구멍까지 차오를 만큼 적적하고 정감 있는 집이다.

그동안 집을 짓지 못한 것은 어머니의 간곡한 당부 때문이었다. 어릴 때부터 어머니는 입버릇처럼 절대 함부로 집을 짓지 말라고 하셨다. 이런 엄명을 내린 것은 집을 지을 때 땅을 파고 나무를 잘라내고 풀벌레를 위시한 수많은 생명을 죽여야 한다는 이유 때문이었다. 독실한 불교 신자였던 어머니는 생명의 외경을 일깨워 주려는 뜻이었겠지만, 그 후로 내 손으로 집을 짓는다는 것은 엄청난 불경으로 생각되기까지 했다.

허술한 시골집을 구해서 수리를 마치고 보니 그나마 살 만한 집이 되었다. 집을 어떻게 정리할 것이며 가장 큰 재산인 책은 어떻게 배치할 것인가를 궁리하느라 가슴이 설렜다. 이삿짐을 대충 정리하고 감격에 겨워 거실 한가운데에 서 있으니 많은 감정이 교차했다.

사람들은 자기 집에 대해서나 소유한 물건에 대해 모르는 것 없이 다 안다고 생각하지만, 사실은 아주 조금밖에 알지 못하거나 전혀 알지 못한다. 한 사람의 삶과 죽음의 비밀을 간직한 집, 그곳은 흙과 나무와 시간이 모여 있는 생존의 터전이다. 그 안에 무엇이 감추어져 있고 무엇이 나타나 있는지 알 수 없다.

그동안 집 한 채 없이 세상의 길을 하염없이 헤매고 다녔다. 어디에서나 진정한 나의 집은 없었다. 어릿한 유랑의 세월에서 떠도는 자리가 곧 집이었다. 언젠가 타클라마칸사막을 헤매고 다닐 때, 사막 한가운데에 주저앉아 펑펑 운 적이 있다. 적요한 텅 빈 사막에 혼자 남게 되었을 때 고독이 사막 바람처럼 휘감아 왔다. 슬픔이 순식간에 닥쳐와 이유도 없이 눈물이 쏟아졌다. 고독은 낯선 시간과 공간 속에서 나 홀로 동떨어져 있다는 걸 말해 준다. 사막의 모래는 눈처럼 고요했고 잠들지 못하는 사막은 나만큼 고독했다.

눈앞에 아무것도 없이 텅 비어 있다는 막막함, 가야 할 길이 먼 나그네에게 개와 늑대의 시간이 밀려오고 있다는 두려움이 엄습했다. 나를 두렵고 슬프게 한 것은 가야 할 집이 없다는 사실 때문이었다. 넓디넓은 사막에 서 있었지만 어디에도 몸을 의탁할 작은 공간도 없다는 사실은 두렵고 슬픈 일이었다. 저녁이 되어도 돌아갈 집이 없다는 것은 막막하고 슬픈 일이었지만, 텅 빈 사막에서는 더욱 그러했다.

지금도 돌아갈 집이 없는 사람은 어두운 뒷골목 담벼락에 기대어 서서 울고 있을 것이다. 이 저녁이 지나고 새벽에 되면, 집 없이 헤매던 낙타 한 마리가 사막 어딘가에서 얼어 죽을 것이다. 집은 세상의 안이자 밖이고, 시작이자 끝이다.

사막을 떠나온 후로 거처하고 잠잘 집이 있다는 사실에 항상 감사하며 살았다. 집이 있기 때문에 밤은 휴식과 평화의 시간일 수 있다. 온종일 도시의 어두운 길을 헤매고 다니다가 집으로 돌아와 등불을 밝힐 때 비로소 깊은 안식을 느낀다. 집은 내가 걸어가야 하는 무수한 길을 열기 위한 시발점이면서 모든 길을 수렴하는 종착점이었다. 인간은 자신이 온종일 끌고 다닌 그림자를 데리고 집으로 돌아온다. 거기서 내일의 길은 꿈꾸어지고 삶은 새롭게 시작된다.

거실을 서성이며 생각에 잠겨 있을 때, 어떻게 뒤를 따라온 것인지 엄지손가락 크기의 굵직한 풀무치 한 마리가 거실에서 뛰어다니고 있었다. 풀무치는 온 방을 이곳저곳 헤매고 다녔다. 풀무치 뒤를 따라다니며 눈을 마주치고 등을 쓰다듬어 주었다. 어이해서 저 풀무치는 자신의 집을 떠나 이 낯선 방에 나타난 것일까.

깡충거리며 다니던 풀무치는 어느 순간부터 몸놀림이 둔해지기 시작했고, 다리도 약간 절며 뒤뚱대고 있었다. 처음에는 풀무치가 낯선 세상에 대한 자유와 호기심에 기뻐서 뛰어다니는 줄 알았지만, 그것은 황폐한 어둠의 감옥에 갇힌 발버둥이었다. 풀무치는 한쪽 구석에 쪼그리고 앉아 참담한 표정으로 나를 노려보았다. 쓰라린 풀무치의 눈빛을 바라보며 내 영혼은 갑자기 찌르르 전율하고 있었다.

어쩔 수 없이 뜰의 수풀 속으로 그를 내보냈다. 무사히 풀숲으로 돌아갔는지 밤새 그 모습이 눈앞에 어른거렸다. 아침에 문을 열고 나서자 풀무치는 현관 입구에 죽어 있었다. 사지는 빳빳하게 굳어 있었고 날개는 마른 나뭇잎처럼 푸석푸석했다. 이 가난한 땅에 죽어있는 풀무치의 주검을 바라보며 따스한 집과 그 안식과 행복에 한없는 경배를 올렸다. 그리고 살아있는 이 순간의 나날에 감사했다.

풀무치의 죽음은 내가 여태 알 수 없었던 깊은 상실이었다. 그 실존의 의미를 제대로 알지도 못한 채 이제 그 걸음걸이도 눈빛도 다시는 볼 수 없게 되었다. 새와 나무와 풀벌레를 사랑해야 한다고 하면서도 정작 그들이 살아있을 때나 죽었을 때도, 생명에 대한 아무런 윤리 의식도 나에게 없는 것이 아닌가 하는 생각이 들었다. 인간의 횡포와 무관심 속에서 지금도 수많은 생명이 이 지상에서 사라져 가고 있다.

풀무치도 이 세상에서 영원히 사라져버렸다. 그는 나보다 더 나은 세상에서 태어나 더 나은 삶을 살다가 떠난 것인지 모른다. 깜깜한 세상에서 태어나 어둠의 삶을 살아가는 인간보다는 초록 세상에서 태어나 초록 영혼을 간직한 풀무치가 훨씬 맑고 고귀한 삶을 산 것은 아닌가. 풀무치가 드나들던 수풀의 안과 밖을 서성이면서 살아 있는 것과 죽은 것의 경계를 바라보았다. 풀무치는 자신이 떠나온 길과 돌아가는 길 사이를 헤매고 다녔다.

산과 들의 초록 길을 떠나 도시의 어둠의 길로 들어온 풀무치는 자신의 집을 잃고 말았다. 고향 집을 떠나 낯선 곳을 배회해야 하는 유민流民보다 불행한 존재는 없다. 집을 잃은 풀무치는 결국 죽음을 맞게 되었다. 그의 집은 새와 나무와 벌레가 있는 아름답고 행복한 곳이었지만, 집을 떠나 비바람 속에서 몸부림을 친 시간은 힘들고 비루했다. 산 자들은 돌아갈 집이 있지만 죽은 자들은 돌아갈 집이 없다. 죽은 자들이 가는 곳은 어디일까. 언젠가 나도 죽어 살은 썩고 뼈만 남아 싸늘한 땅에 묻힐 것이 아닌가.

풀무치가 죽어 있던 자리를 바라보았다. 풀무치는 초록 세상에 있는 그의 집으로 돌아갈 것이다. 나는 어디로 갈 것인가. 밤하늘에서 정처 없이 흘러가던 달이 걱정스레 나를 내려다보고 있었다.

돌아오지 않는 제비

어린 시절 시골 외갓집에서 뛰어다니며 놀던 기억은 지금도 또렷하다. 외갓집은 대나무 숲으로 둘러싸여 밖에선 집의 형태가 잘 보이지 않았다. 숲 한가운데에 똬리를 튼 듯 자리 잡은 소박하고 아름다운 정취가 시골집의 분위기를 더욱 안온하게 했다. 담벼락엔 담쟁이덩굴이 늘어졌고, 구불구불 이어진 돌담길을 넘어온 저녁은 외할머니의 자애로운 손길같이 우리의 몸을 꼬옥 안아주었다

말린 쑥으로 모깃불을 피워놓고 할머니는 손자들을 위해 구운 고구마와 찐 옥수수를 내어왔다. 마당에 깔아놓은 멍석 위에 누워 우리는 멀리 밤하늘의 북두칠성과 북극성을 바라보았다. 할머니의 손끝이 가리키는 별들을 바라보면서 왜 별

들은 집을 떠나서 저 어두운 곳에서 살고 있을까 하고 생각했다. 밤하늘의 별들은 흡사 집 잃은 새들이 어둡고 멍든 하늘에서 외롭게 날아다니는 것같이 보였다.

시골집에서 봄이 되면 가장 먼저 볼 수 있는 풍경은 처마 아래에서 제비들이 노니는 모습이었다. 제비의 출현은 새로운 계절의 서막을 알리는 신호였다. 지난해 살던 곳으로 돌아온 제비가 가장 먼저 하는 일은 집 짓는 일이다. 논바닥이나 연못가에서 부드러운 흙을 물고 와 집을 수리하거나 다시 지었다. 처마밑에 새 둥지를 준비하고 나면 알을 낳아 새끼를 키우기 시작한다. 동생과 나는 마루 위에 의자를 놓고 까치발을 하며 이런 과정을 열심히 지켜보았다.

검은 깃털에 하얀 몸통을 한 날렵한 몸매의 어미 제비가 어디선가 구해온 먹이를 부지런히 아기 제비의 입에 넣어주었다. 새끼 제비들은 하루가 다르게 자라났다. 그러면서 자신들을 바라보는 인간의 모습이 신기한 듯 우리를 바라보며 무어라 지절대며 말을 건네 왔다. 제법 몸집을 갖춘 아기 제비는 어느 날부터 둥지 근처를 날기 시작한다. 새끼 제비 중에서도 한 녀석은 힘을 쓰지 못하고 둥지 속에서만 앉아 있었다. 그 모습을 보던 동생과 나는 조금은 안타까운 마음으로 조금은 장난기가 발동하여 긴 막대기로 제비집을 툭툭 건드

려보았다. 아뿔싸! 둥지가 그만 무너져 내리고 그 안에 있던 힘없는 녀석도 바닥에 떨어져 죽고 말았다. 그 일로 동생과 나는 외할머니에게 종아리를 맞고 한동안 외갓집을 출입하지 못하는 엄벌을 받게 되었다. 그깟 제비의 죽음이 무슨 큰 의미를 가졌기에 애지중지하는 손자들에게 그렇게 호되게 야단을 쳤는지 그 이유를 알게 된 것은 오랜 세월이 지나고 난 후였다.

새끼 제비는 자신의 집에서 평온하게 잠들었다가 갑자기 떨어져 죽었다. 깃털 같은 주검을 손바닥에 올려놓고 경건한 눈으로 한참을 들여다보았다. 제비의 몸안에 남아있던 한 줌의 온기가 허공으로 흩어졌다. 그가 남긴 짧지만 슬픈 삶의 서사를 읽는 동안 어디선가 바람의 기도 소리가 들리고 새와 나무는 절규하듯 요란했다. 이 세상에 가벼운 죽음은 없다, 사람들은 쉽게 말할지 모르지만, 저 작고 아름다운 생명과 그 슬픔을 인간의 저울로 잴 수는 없다. 짧게 살다간 작은 생명의 투명한 영혼은 인간보다 더 위대하게 어디엔가 그들의 묘비명을 남길지도 모를 일이다.

집을 짓고 새끼를 낳고 먹이를 먹여 키우는 모습을 보면, 제비의 삶도 인간의 삶과 크게 다르지 않다. 그렇지만 제비의 세계에는 배신도 탐욕도 폭력도 없다. 아니 제비는 강남 갔다

돌아오는 길에 신세를 진 흥부에게 보은의 박씨를 물어다 준다. 왜 인간에게는 제비와 같은 자비와 사랑의 마음이 없는 것인가. 무엇이 인간으로 하여금 새와 나무와 꽃과 같이 순수하고 아름다운 마음으로 살아갈 수 없게 하는 것인가. 언제쯤이면 인간은 서로 사랑과 자비를 베풀며 증오와 다툼 없는 세상을 만들 수 있을까. 인간이 언제 서로 사랑한 적이 있던가. 사랑하지 않으면서도 이 세상의 모든 것을 사랑하는 척한다. 자연과 우주가 사랑과 용서의 길을 일러주지만, 인간은 그 길을 자꾸 외면하며 제 갈 길만 간다.

제비가 새끼들을 낳아 키우기 시작할 즈음이면 밭고랑에 심어놓은 옥수수도 쑥쑥 자라고, 논에서는 벼도 고개를 가누기 시작한다. 잠자리가 날아다니고 풀벌레들이 찌르륵대는 속에서 제비들도 신이 나서 춤추듯 날아다닌다. 농부들은 이 아름다운 시골 풍경을 바라보면서 한 해의 수확을 생각하고 시인은 시를 짓는다.

그런데 언제부터인가 제비가 보이지 않는다. 집집마다 제비 둥지도 없어졌다. 도시에서 제비가 사라졌다는 말은 들었지만, 어느새 시골에도 제비가 날아오지 않는다. 봄이 되어도 강남 갔던 제비가 돌아오지 않고 있다. 주택가 처마 아래 둥지를 틀던 제비가 아파트와 콘크리트 건물 속에서 살 곳이 없어졌다. 농약과 화학물질이 뒤범벅이 된 들판에서 제비의 모습은 찾아볼 수 없다. 이제 처마밑 둥지에서 이른 아침부터 재잘거리던 새끼 제비들의 노랫소리도, 새끼를 위해 쉼 없이 먹이를 물어 나르던 어미 제비의 모습도 볼 수 없게 되었다. 제비들은 갈 곳을 잃어버리고 말았다. 제비가 없어진 빈 둥지는 쓸쓸하기 이를 데 없고, 오가야 할 하늘 길은 멀기만 하다. 옛 둥지를 찾아오고 싶지만 잔인하고 몰인정한 인간 세상의 풍파를 견뎌낼 재간이 없다.

제비도 꾀꼬리도 참새도 자꾸 사라져 가고 있다. 들판에서 메뚜기도 사라지고 어느 마을에서는 논밭이 다 없어지고 건물이 들어섰다. 꽃과 나무와 숲도 자꾸 없어진다. 그 옛날부터 인간과 함께 살아왔던 이들이 모두 다 사라진다면 이 세상은 어떻게 될까. 지구에는 인간만이 남을 것이다. 새소리가 들리지 않고 꽃과 나무가 피지 않는 적막한 세상에서 인간은 어떻게 살아갈 수 있을까.

함께 많은 시간을 보내지 못하고 무언가를 풍족하게 나누지 못할지라도, 그저 바라보고 느끼며 살아가면 되는 것이 아닌가. 바라보고 느끼며 산다는 것은 서로에게 조금씩 배우며 물들어가는 것, 처마 밑에 둥지를 만들고 살아가는 제비의 노랫소리를 들으며 그들의 사랑과 행복을 배워가면서 물들어

가는 것이다. 남의 상처를 내 것같이 아파하지 못하고, 이 세상에 자꾸 상처가 덧쌓여가게 되면 결국은 모두 다 죽게 될 것이다.

봄날이 되면 머나먼 곳에서 돌아와 지지배배 인사를 하던 제비들 모습이 보이지 않는다. 그 많던 제비들은 모두 어디로 간 것일까. 제비의 생명이 왜 중요한지를 회초리로 가르치던 외할머니도 이제 계시지 않는다. 외갓집 처마 아래에서 제비를 기다렸지만, 제비는 돌아오지 않고 어디선가 먹구름만 밀려오고 있었다.

새의 죽음

아침에 베란다에 나가보니 새 한 마리가 죽어있다. 손바닥 크기의 새가 언제 이곳에 와서 죽었는지 알 수 없다. 나무토막처럼 딱딱하게 굳은 시신을 손 위에 올려놓고 한참 동안 들여다보았다. 아마도 지난밤 내가 평화롭게 깊이 잠든 시간에 이곳으로 날아와서 마지막 고통스러운 시간을 보내다가 이승을 떠난 것이 아닌가 싶다. 왜 하필 나의 집 베란다를 찾아와 이 세상과 작별하는 장소로 삼은 것인지.

새는 죽은 사람과 똑같은 모습으로 누워 있었다. 새나 사람이나 죽었을 때의 모습은 크게 다르지 않다. 이 세상을 다시는 보지 않겠다는 듯이 눈은 꼭 감은 채로, 입은 한껏 벌리고 죽어 있다. 하기야 동물이든 인간이든 저승으로 가는 모습에 아름다움과 추함이 어찌 따로 있을 것인가. 세상의 피조물 중 죽을 때 가장 요란을 떠는 것은 인간이라고 하지만, 어찌 다른 생명체인들 자신들의 죽음에 무심할 수 있을까.

새가 남긴 짧지만 엄숙한 서사를 생각하는 동안, 스쳐 지나가는 바람 소리가 그의 죽음을 애도하는 기도와 같이 들려왔다. 저 새는 투명하고 자유로운 영혼을 지니고 이 세상에서 잠시 살다가 이제 아침 풀잎에 맺힌 이슬처럼 영롱하고 푸른 죽음을 맞았다. 지나온 생의 시간을 모두 한데 묶어 죽음으로 마감한 것이다. 비상과 자유의 꿈을 다 접어버리고 주검이 되어 누워있다. 시린 바람에 얼은 볼은 이미 푸르게 물들어 있었다. 그는 생전에 함께 어울리던 나무와 꽃으로 다시 환생할 수 있을까.

사람만큼 새의 운명도 다양하다. 독수리는 제우스나 가루다의 화신으로 태어나 세상을 호령했고, 극락조와 공작은 아름다운 외모를 자랑하는 여인으로 환생해 성대한 파티나 축제에 등장했다. 아메리카 인디언 사회에서는 비를 내리게 하는 뇌조雷鳥가 인간에게 은혜를 베풀고, 철새들은 머나먼 길을 오가면서 만남과 떠남의 문학적 은유를 불러일으켰다. 사람들은 새가 영혼을 전달하는 역할을 하므로 이승과 저승 사이를 오가며 죽은 육체와 영혼의 세계를 왕래한다고 여긴다.

눈앞에 죽어있는 저 새는 누구의 영혼을 영계靈界로 데리고 가기 위해 준비하고 있는 것일까.

내가 죽고 난 이후에 나의 영혼을 데리고 저승으로 가는 길은 얼마나 멀고 험한 길일까. 죽음에 이르기까지 저 새도 얼마나 자유를 갈망하고 나날의 양식 걱정을 하면서 살아왔을까. 사람처럼 새들도 자유 없는 삶과 양식 없는 날의 고통을 상상할 수 없다. 그것은 곧 죽음을 의미하는 것이기 때문이다. 새들의 세상에서도 생로병사의 윤회의 시간이 다가와서 저 새도 마침내 죽음의 자락에 이르게 된 것인지 모를 일이다. 어느 세상에서나 탄생과 소멸은 이 세상을 들썩이며 반복한다.

몽테뉴는 철학을 하는 것은 죽음을 배우는 거와 같다고 말했다. 우리가 문학을 하고 철학을 한다지만 삶과 죽음을 얼마나 제대로 알고 맞이할 준비를 하고 있는지 알 수 없다. 죽음을 준비한다는 것은 삶을 겸손하고 온전하게 살아가면서 다가올 마지막을 받아들일 채비를 하는 것이다. 지나간 시간과 다가올 시간에 얽매이지 않고 현재의 시간을 거부하지 않고 있는 대로 정리하고 받아들이는 것을 의미한다. 그렇지만 우리는 문학과 철학을 하면서도 더 오만하고 세속적이다. 반성하면서 살아가기보다는 항상 현재와 더 나은 미래를 위해서 더 많은 것을 얻기 위해서 애쓴다. 새들은 미래를 위해서보다는 현재를 더 열심히 산다. 내가 땅 위를 걸어다니며 살아가는 것처럼, 새들은 하늘 위를 날아다니며 살아간다. 그들에게는 나날의 양식과 한없는 자유가 소중할 뿐이다.

새들에게는 현재가 중요하기 때문에 지금의 삶 속에 완벽히 현존한다. 그들은 행복에 대한 많은 질문을 던지지도 않고 많은 행복을 얻기 위해 애쓰지 않는다. 행복을 기록하려 하지도 않고 그저 행복을 느끼며 경험할 뿐이다. 인간은 집요하게 행복을 추구하지만, 새들은 행복을 추구하지 않고 그저 바라보며 즐긴다. 저 들판을 하늘을 땅을 세상을. 사람들은 서로 증오하고 시기하며 싸운다. 그렇지만 새들은 말없이 바라보며 노래한다. 백인은 인디언을 보고 짐승 같다고 생각했지만, 인디언은 백인을 보고 신과 같다고 생각했다. 인디언은 백인같이 잘살고 잘 먹고 잘 입지 못하지만, 새와 같이 생각하고 새와 대화를 나누었다. 새를 사랑하며 함께 살아가는 인디언은 백인보다도 훨씬 자연 상태에 가까웠다.

새들이 털갈이할 때는 날아가는 능력조차 잃어버린다고 한다. 그들은 자신의 몸에 소중한 깃털이 다시 자라날 때까지 기다린다. 자신의 나약함을 인식하며, 움직임을 자제하고 참으며 기다린다. 새로운 생명이 돋아나고 마침내 힘과 아름다움을 되찾을 때까지 겸손하게 인내한다. 우리에게는 그런 거룩한 기다림이 없다. 매사에 다급하게 달려가고 거짓말을 하고 누군가를 속인다. 인간과 달리 새는 사랑을 고백하고 유혹하는 일이 복잡하고 위선적이지 않다. 새는 자신의 구애가 성공인지 실패인지 금세 안다. 그들은 거짓 사랑을 고백하거나 계획적이고 복잡한 마음을 가지고 있지 않기 때문이다. 있는 대로 솔직하고 단순하게 사랑을 요청하고 받아들인다. 새들은 사랑을 위해 거짓 노래를 부르지도 않고 전략을 짜지도 않는다.

머무름과 떠남의 아픔이 겹치는 순간, 망설임과 거부의 몸짓이 갈라지는 곳에서도, 삶의 번뇌와 집착을 휘파람의 여운처럼 남기며 새들은 어디론가 날아간다. 새인들 어찌 고뇌와 번민이 없을 것인가. 그렇지만 그들은 자기 삶의 무게를 버려야 저 하늘을 가볍게 날 수 있다는 것을 안다. 인간같이 덕지덕지 온갖 욕망의 무게를 지니고는 창공을 마음껏 날 수 없다. 가벼워져야 하늘과 바다와 세상을 마음껏 날 수 있다. 새는 그렇게 살아간다. 여유 있게 쉼 없이, 느리지만 빠르게 움직이며 살아간다. 그러고 나면 그들도 나무 위에서 노래하고 휴식하며 순간을 열심히 즐긴다.

그들은 언어로 말하지 않는다. 굳이 언어로 자신들의 욕망을 세상에 알리지 않는다. 말없이 꽃처럼 풀처럼 눈부시게 세상에 자신을 알린다. 나의 말과 글은 이 세상에 아무런 보탬을 주지 못하지만, 새는 자신의 노래와 지저귐으로 많은 사람에게 즐거움과 아름다움을 준다. 그들은 세상과 인간을 위해 노래하고 춤춘다. 우리는 모두 저마다의 창조적인 능력을 갖고 있지만 자신에게 주어진 창조성을 제대로 알리지도 못하고, 그것을 올바르게 발산하지도 못한다. 새들처럼 인간도 이 세상을 위해서 최소한의 존재가치를 보여주어야 할 것이 아닌가.

모든 헛된 욕망을 버리고 가볍고 충실하게 살고자 하지만, 그것은 세상을 다 버리는 것만큼 힘든 일이다. 가진 것 없이 가난하지만 가고자 하는 먼 길을 떠나는 새처럼, 더 가볍고 순수하게 욕심 없이 살 수는 없는 것일까. 인간이 하늘을 날 수 없는 것은 지고 있는 욕망의 무게가 너무 무겁기 때문일 것이다. 참새 가슴이 작다고 욕하지만, 그들의 가슴이 크고 무겁다면 어찌 하늘을 날 수 있을까. 새들은 열 마리가 함께 살아도 안온하고 넉넉하게 살아간다. 철새들은 서로 협동하고 격려하면서 만 리 길을 날아간다. 새들은 자신의 몸을 물속에 담그고 있지만 물에 잠기지도 않고, 바람 속을 관통하지만 바람에 쓸려 날아가지 않는다. 비에 젖은 날개를 떨며 바다를 건너고 눈보라를 헤쳐가지만, 세속적 욕망에 찌들지 않는다. 비상을 위해 온몸을 흔들고 뼛속까지 텅텅 비우는 고행을 하면서도 자신들의 날갯짓을 멈추지 않는다.

새들은 언제나 가볍다. 숲속에서도 하늘에서도 나무에서도 가볍게 여기저기를 날아다닌다. 새들의 삶의 무게에 비하면, 나의 삶은 얼마나 무거운가. 필요한 만큼만 먹고살 만큼만 둥지 짓고 사는 새들의 검소함과 순박함에 비하면 내 삶은 얼마나 사치스럽고 호화로운 것인가. 언제면 이 무겁고 쓸모없는 세속의 옷을 모두 벗어 던질 수 있을까.

새의 주검을 안고 키 큰 나무 아래에 묻어주었다. 나무도 저승으로 떠나는 새의 길을 잘 인도해 줄 것이다. 새들의 날갯짓과 노랫소리가 사라진 저녁, 어두운 산 그림자를 바라보며 나는 또 다른 새가 오기를 기다렸다.

펭귄의 비애

　　사람들은 동물 중에서도 우리를 가장 힘없고 볼품 없는 존재로 여긴다. 사실 우리는 개나 표범같이 빨리 걷거나 달리지도 못하고, 새같이 훨훨 날지도 못한다. 멀리 있는 가족을 생각하며 날아가는 비행기를 따라 몇 걸음 뒤뚱거리며 가다가 넘어지고 만다. 외모도 우스꽝스럽기 짝이 없다. 뚱뚱한 몸매에 연미복을 걸치고 걷는 걸음걸이는 배불뚝이 사장님이나 권력 맛에 잔뜩 물든 오만한 정치가의 모습이라고 사람들은 조롱한다. 그렇지만 우리는 나름대로 멋쟁이다. 붉은 나비넥타이를 매고 약간의 화장이라도 하면 어느 성대한 파티에 나타나도 모자람이 없다.

　　우리는 온갖 경멸과 조롱 속에서 슬픈 존재로 살아간다.

적은 호시탐탐 힘없는 우리를 노리고 있고, 삶의 환경은 갈수록 나빠져 힘들게 살아 가고 있다. 자식을 먹여 기르는 일도 너무나 힘겹다. 그렇지만 다른 짐승은 자식에 대한 우리의 지극한 희생과 가없는 사랑의 모습을 보며 칭송이 대단하다.

남극에 사는 많은 동물은 삭풍이 불고 눈보라가 치기 시작하면 서둘러 자신이 거주하던 땅을 떠난다. 우리 가족도 빙판을 걸어 안전하게 겨울을 날 수 있는 곳을 찾아 발길을 재촉한다. 포식자들이 감히 엄두도 못 낼 정도로 머나먼 길을 수십 킬로, 수백 킬로씩 무리 지어 한 달, 두 달씩 걸어간다. 빙산을 넘고, 설산을 가로지르며 생존을 위한 긴 여행은 시작된다. 눈은 무릎 위까지 쌓이고 비바람이 몸을 흔들지만 멈출 수 없다. 지나온 자리에 새겨진 발자국을 바라볼 겨를도 없이 걷고 또 걷는다. 저무는 해가 우리의 모습을 애처롭게 지켜보고 있다.

우리의 순례는 맹목적이다. 오직 생존을 위해서 길을 갈 뿐이다. 살아남기 위해서 먼 길을 떠나는 것이 무슨 대수인가. 그보다 더한 일도 얼마든지 감수해야 한다. 언제나 출발은 쉬웠지만, 도착은 어렵고 힘겨웠다. 어디를 가야 한다는 것은 새로운 삶을 시작하는 것만큼이나 힘들다. 발걸음은 자꾸 포기하며 넘어지려 하고, 밀려오는 고통은 자꾸 지금 '어디로 가느냐?'고 묻는다. 멀리 지고 있는 노을이 찬란한 꽃다발을 안고 문병객처럼 다가와 우리를 어루만져 준다.

인간에게나 동물들에게나 살아간다는 것, 살아야 한다는 것은 힘겹고 버거운 일이다. 그렇지만 늘 생각하고 고뇌하면서 살아가는 인간과 우리는 다르다. 우리는 살아남기 위해서 그저 눈을 감고 부지런히 걸어야만 한다. 밥 먹는 사람에게 더 많이 먹어라, 걷는 사람에게 더 천천히 조심해서 걸어라고 말하는 인간이 부럽기만 하다.

조물주께서 인간에게도 우리처럼 목적지를 찾아 그냥 걷기만 하게 했다면, 지구상의 인간은 절반도 살아남지 못했을 것이다. 부정은 쉽지만 긍정은 어렵다. 나태보다는 근면이, 탐욕보다는 무욕이 힘들다. 우리에게는 부정도 나태도 탐욕도 없다. 그저 살아남기 위해서 눈 내리는 빙판을 쉼 없이 걸어야 하는 싸늘한 현실이 있을 뿐이다. 인간처럼 고뇌할 수 있는 영혼이 없기 때문에 삶의 짐이 이리 무거운지 모르겠다.

머나먼 길을 떠나 안전한 곳에 도착하여 이제 짝짓기를 한다. 수컷은 몸을 움직이고 이상한 소리를 질러가며 암컷을 유혹한다. 마침내 마음에 드는 짝을 만난 이들은 사랑을 나누기 시작한다. 몇 주 후 암컷은 주먹만 한 크기의 알을 낳는다. 암컷은 알을 낳느라 탈진한 나머지 더는 힘이 없어 수컷에게 알을 넘겨준다. 알을 건네준 암컷은 원기를 회복하기 위해 바다로 달려가버린다.

알을 건네받은 아버지 펭귄의 숭고하고 엄숙한 부성애가 시작된다. 영하 수십 도의 매서운 눈보라와 추위 속에서 아버지 펭귄은 아무것도 먹지 못한 채 새끼를 안전하게 부화하기 위한 고행을 한다. 차가운 얼음 바닥 위에서 길고 지루한 몇 개월 동안 알을 자신의 발 아래 품고 눈물겨운 부정이 시작된다. 아무리 힘들어도 반듯한 자식을 낳아 훌륭하게 기르는 것이야말로 삶의 오욕을 다 벗어낼 수 있는 길이라고 다짐한다. 당장이라도 심해에 새끼를 내던지고 혼자의 길을 가고 싶다. 그렇지만 자식의 심장 소리를 들으면 그럴 수는 없다. 가없어라, 삶의 끈질긴 인연이여! 고달픈 고행이여! 이 기막힌 부정을 인간이 어찌 알 수 있을까. 아버지의 권위가 상실된 이 시대에 펭귄의 부정은 더욱 눈물겹다.

인간도 아버지의 권위를 지키고 가족을 먹여 살리기 위해서 최선의 노력을 다한다. 사회에서 슈퍼맨이 되기를 강요받는 아버지, 그런데도 가족에게서 버림받고 자식 세대에게서 밀려난 아버지, 인간 아버지들은 사회와 가족을 위해 온 힘을 다 바쳐왔지만, 그들에게 남은 것은 소외와 상실뿐이다. 그렇지만 펭귄 아버지는 인간 아버지의 모습은 아랑곳없다는 듯이 빙판 위에 버티고 서있다.

펭귄은 오늘도 바다를 하염없이 바라본다. 요즘 사람들의 문자를 빌리면 펭귄은 멍때리기 선수다. 팽권같이 생각이 많은 동물도 없을 것이다. 그는 온종일 바다를 바라본다. 무엇을 바라보며 저렇게 생각에 잠기는 것일까. 바다를 보면서 내가 서 있는 이곳이 세상에서 가장 외롭고 차가운 곳이라고 생각하는 것 같다.

펭귄 아버지의 눈에 멀리 섬들이 보인다. 섬은 바다 한가운데 떠 있다. 너무 멀리 있어 수면 위에서는 볼 수 없는 섬도 많다. 인간은 로빈슨 크루소같이 자신을 깊은 섬에 가두기도 하고 갇히기도 한다. 인간은 모두 자신만의 섬에 갇혀서 그렇게 고독한지도 모른다. 펭귄은 인간의 모습을 바라보면서 비록 가진 것이 없지만, 어딘가에 갇혀서 살지 않은 것은 축복이라고 생각한다. 아무렴 어떠한가. 아무리 헐벗은 삶을 산다고 해도, 가진 것을 서로 나누며 함께 살고자 하는 따뜻한 마음이 있다는 것이 중요하지 않은가.

그들은 동료의 먹이를 탐하거나 서로 해치지도 않고, 물개나 바다표범 같은 적이 쳐들어오면 서로 피할 수 있도록 신호하며 보호한다. 그러다가 혹시 새끼가 잡아먹히기라도 하면 깊은 아픔을 삼키며 먼 바다를 바라본다. 자신의 수명이 다했을 때도 가족 몰래 빙산의 한쪽에서 조용히 숨을 거둔다. 수명을 연장하기 위해 온갖 수단 방법을 동원하지도 않는다. 자연과 생명의 순리가 무엇인지 알고 그에 순응할 뿐이다.

남극의 지독한 추위 속에서 태어나지 않았다면, 펭귄은 더 행복한 새가 되었을지도 모른다. 따뜻한 햇볕 속에서 충분한 영양분을 공급받으며 태어났다면, 더 멋진 모습으로 한평생을 살 수 있었을 것이다. 껍질이 너무 두꺼워서 세상에 나오려고 오랜 시간 애를 써야 했기 때문에 세상에 태어나면서부터 힘들고 불행한 새가 되었다. 어둠에서 빛으로 나오는 길은 언제나 힘들고 아득했다. 어둠으로부터 탈출하여 빛을 얻게 되는 과정은 항상 힘들다. 인간은 희망찬 앞날을 기대하며 힘찬 울음을 터트리며 태어나지만, 펭귄은 나면서부터 슬픈 존재라는 듯 울음소리도 없이 태어난다. 이 세상에 태어난 축복은 평생 환희로 살아가며 갚아야 하는 것이지만 펭귄은 그렇지 못하다.

빙산이 바다로 가는 길을 막아 남극 펭귄 십만여 마리가 떼죽음을 당했다는 소식이 뉴스에 나온다. 이제는 인간이 만들어낸 온갖 자연재해로 펭귄은 점점 갈 곳이 없어진다. 끝없는 인간의 이기심과 탐욕으로 빙하는 녹아내리고 펭귄도 북극곰도 거주할 곳이 없어지고 먹을 것도 사라져 간다. 세상이 더 살 수 없는 곳으로 떠내려가고 있다. 펭귄은 밤이 되면 별과 달을 바라보며 한숨짓는다. 오늘도 어딘가로 날아가고 싶지만 갈 곳 없는 펭귄은 우울하다. 새가 둥지를 버렸을 때 집 없는 천사가 되듯이, 흰 눈과 얼음 위를 자유롭게 다니지 못하는 펭귄은 한 조각 빙산이 되어 사라질 것이다.

펭귄의 울음이 산하에 퍼졌지만, 아무도 듣지 않는다. 기나긴 여로를 뒤로하고 이제 펭귄은 어디로 갈 것인가. 날지 못하면서 오늘도 어딘가를 향해 뒤뚱뒤뚱 걸어가는 펭귄의 뒷모습은 한없이 슬프다. 슬프지만 아름다운 삶을 산 펭귄 가족은 죽어서 남극 하늘을 물들이는 오로라가 될 것이다. 사람들은 오로라를 바라보며 펭귄의 삶을 기억할 것이다.

나무와의 대화

연구실 근처의 숲속을 거니는 것은 내 일상의 가장 중요한 일과 중의 하나이다. 점심을 먹고 혹은 퇴근 길에 특별한 약속이 있을 때가 아니면 교정의 숲길을 산책한다. 숲길을 산책하는 이유는 나무들과 대화를 나누기 위함이다. 나무들은 사계절 동안 제각각 다른 모습으로 나에게 다가와 이야기를 해준다.

가을 나무들은 벌써 겨울을 준비하는 듯 낙엽을 흩날리고 있다. 이 혼돈스런 세상에서 사람들이 세상살이의 어려움 때문에 아무리 아우성을 치고 아귀다툼을 해도 나무는 무관심한 듯 언제나 그냥 그 자리에 서 있다. 그러면서도 그들은 다가오는 계절을 기꺼이 맞이하고 떠나가는 계절을 쓸쓸히 보낼 준비를 한다. 나무는 태어날 때부터 나이테를 만들기 시작하며 살아야 할 나이를 셈하고, 가야 할 길을 알고 떠날 준비를 하고 있다. 그러면서 어떤 나무는 사람들을 위해 집이 되기도 하고, 어떤 나무는 제 살을 깎아 보시해 부처가 되기도 한다. 평생 나무로만 살다가 어느 짧은 순간 한줌의 재가 되어 사라지기도 한다. 비와 눈과 바람에 흔들리며 몸을 다 드러내고 나목裸木이 되어도 불평 한마디하지 않는다.

가을이 지나고 나면 겨울나무는 텅 빈다. 겨울나무에는 지난여름의 푸르름이나 가을의 풍요로움이 떠나고 없다. 푸르던 잎은 낙엽이 되고, 무성하던 열매는 사람과 짐승들에게 모두 나누어 주고, 새들에게 빌려줬던 가지도 빈 둥지가 되었다. 그렇지만 겨울나무는 슬프지 않다. 곧 새봄이 오면 지금 텅 비어 있는 곳에 더 많은 것이 채워질 것이라는 사실을 알고 있기 때문이다. 나무는 때로 공허해야 한다는 것을, 때로 겸손해야 한다는 것을, 때로 진실해야 한다는 것을 잘알고 있다.

겨울나무에서 발견되는 생명의 모습은 단지 한 개체로서의 생명이 아니다. 그것은 겨울에 준비된 나무가 봄이 되면 잎과 꽃을 만들고, 가을이 되면 낙엽을 떨구고, 다시 겨울나무가 된다는 생명의 순환 과정을 보여준다. 생명이란 자연현상을 넘어 우주 전체를 움직이는 순환의 원리를 의미한다. 자연의 원리와 이치는 인간과 삶의 진리로 전화한다. 그것은 절망과 희망, 죽음과 재생, 분열과 화합, 거짓과 진실이라는 인간사의 변화를 의미한다.

겨울나무를 바라보고 있으면 자연의 순환을 생각하고 삶과 인간의 미래를 바라볼 수 있다. 나무는 인간에 대한 신뢰와 미래에 대한 희망을 포기하지 않는다. 인간과 삶에 대한 희망은 나무의 생명성, 순환하는 자연에서 찾을 수 있다. 나무는 어머니인 대지에 뿌리를 박고 서서 인간과 자연을 이어주는 정주와 정착의 이미지를 제공해 준다. 겨울나무가 혹한을 견디어 내고 결국에는 봄이 되어 무성한 잎과 꽃을 만들어 내듯이, 삭풍이 부는 한겨울이 지나고 나면 희망의 봄은 반드시 등장하리라는 믿음이 있기 때문에 살아간다. 이러한 나무의 가르침은 삶과 문학에 대한 깊은 사색을 제공한다.

이양하는 나무는 "훌륭한 견인주의자요, 고독의 철인이요, 안분지족의 현인"이라고 말한 적 있다. 나무는 인간이 배워야 할 여러 덕목을 지닌 존재다. 그들은 무성하고 푸른 나뭇잎, 여러 갈래로 뻗은 가지와 굵은 기둥, 그리고 깊은 뿌리를 지니고 있다. 그들이 만들어 주는 풍부한 열매와 그늘은 지혜·신뢰·사랑·자비·희생 같은 인간이 갖추어야 할 가장 훌륭한 덕목과 품성이다. 이런 점에서 나무는 인간의 철학적·윤리적 인식의 원천이 되고, 이런 인식의 차원에서 인간이 지향해야 할 정신세계의 표상으로 여겨진다.

나무에는 삶과 죽음이 공존한다. 나무의 나이테에서 볼 수 있듯이 나무는 바깥에서 안쪽을 채우면서 삶을 유지한다. 죽음을 끌어안고 삶을 살아간다. 나이를 먹지만 나이를 수직으로 축적하지 않는다. 나무의 나이는 수평적이다. 이에 반해 인간은 나이를 수직적으로 생각하기 때문에 항상 늙음과 죽음을 두려워하며 살아간다. 수백 년의 수령을 누리며 살아가는 나무가 인간보다 장수하는 것도 이런 차이 때문은 아닐까.

나무는 살아 있는 것 자체를 즐기면서 살아가는 듯하다. 그야말로 독락獨樂의 경지이다. 수많은 불화와 갈등을 낳으면서 살아가는 인간의 모습에 비해 나무처럼 혼자 즐기면서 살아가는 것은 최고의 경지일지도 모른다. 그것은 이 혼탁한 세상에서 한걸음 물러서 침묵하며 내면을 성찰하는 가운데 우러나온다. 숲길을 걷다가 고고하게 서있는 한 그루 나무와 마주하고 대화를 나누어 보라. 그러면 나무로부터 전달되는 우주의 기운과 생명의 힘이 가슴을 벅차게 만든다. 우리에게 깊은 삶의 진리와 지혜를 가르쳐주는 나무가 인간의 탐욕에 의해 곳곳에서 무너져 내리며 사라져 가고 있다. 나무는 인간이 없어도 살아갈 수 있지만, 인간은 나무가 없으면 살아갈 수 없다.

인간이 저 나무보다 나은 것이 무엇일까. 말 못하는 나무들이 그늘을 만들어 주고 공기를 깨끗이 하기 위해 얼마나 애쓰고 있는지 인간은 모른다. 숲과 나무가 만들어주는 이 눈부신 아름다움과 고요와 평화를 사람들은 생각지 못하고 있다. 숲이 없어지면 나무가 없어지고 꽃과 풀들도 사라지고 새와 벌들이 사라질 것이다. 인간은 왜 저 숲과 나무들같이 더 경건하고 겸손하고 관대하지 못하는 것일까. 우주에서 가장 이성적인 존재라고 하는 인간은 왜 눈만 뜨면 서로 속이고 싸우고 갈등하는가. 나무는 하늘을 닮고자 하기 때문에 날로 푸르러가지만, 인간은 끝없는 탐욕 때문에 갈수록 어두워 간다.

숲의 속살은 들여다볼수록 경이롭고 신비하다. 숲은 고요한 듯하지만 매일매일 엄청난 변화가 일어나는 생동하는 공간이다. 나무에는 온갖 종류의 과실들이 열렸다가 떨어지고, 예쁜 꽃들은 흐드러지게 피어 진한 향으로 벌과 나비를 불러 축제를 벌인다. 숲속에서 만난 꽃과 나무들은 숨은 사연을 구절구절 풀어놓는다. 그들과 이야기를 나누다 보면 금세 가까운 친구가 된다. 그곳에는 거짓도 질투도 탐욕도 없다. 그저 모두가 사랑하는 친구일 뿐이다.

사람은 나이가 들수록 쓸쓸하고 아름다움을 잃어 가지만, 나무는 나이가 들수록 풍요롭고 아름다워진다. 세월의 연륜만큼 줄기는 늠름해지고 가지는 세상을 다 품어줄 듯 넓게 퍼진다. 나무만큼 자기가 살아가는 땅을 사랑하는 존재도 없다. 자신의 터전과 친구를 사랑하면서 나무와 꽃들은 기나 긴 세월 동안 이 지상에 봄이 왔음을 기뻐했고 겨울이 가고 있음을 슬퍼했다.

어딘가에서 조용히 걷고 싶은 계절이다. 삭막한 도심의 회색 콘크리트 공간 속에 갇혀 있는 동안에도 지구는 돌고 돌아 계절은 바뀌어 가고 있다. 숲속에서 나무와 대화를 나누면서 나는 한없는 평화와 안식을 얻는다. 겨울을 향해 달려가는 이 삭막한 시간 속에서도 나무는 다시 꿈을 키워 낸다. 나무에서는 한 세계가 탄생했다가 소멸한다.

눈 내리는 밤

펑펑 내리는 눈이 하늘과 땅과 들을 뒤덮고 있다. 함박눈이 분분히 날리는 풍경을 보고 있으면 이 지상이 온통 고요와 평화로 가득한 느낌이 든다.

눈 내리는 밤은 쉽게 잠을 이루지 못하게 한다. 저렇게 찬란하고 아름답고 순정하게 내리는 눈을 내버려 두고 어찌 혼자 잠을 이룰 수 있을 것인가. 창밖에서 눈은 밤새 사락사락 그침 없이 내린다. 멀리서 개 짖는 소리가 희미하게 들려온다.

눈 내리는 밤에는 미국의 시인 로버트 프로스트의 시 「눈 오는 밤 숲속에 머물며」가 생각난다. 시인은 그믐달 눈 내리는 숲을 지나다가 발길을 멈춘다. 눈 오는 밤의 숲은 너무 아름다워 그냥 지나칠 수 없다. 숲은 깊고 어둡고 아름답다. 그곳에서 시인은 노래한다. "이게 누구의 숲인지 나는 알 것도 같다/ 하기야 그의 집은 마을에 있지만/ 눈 덮인 그의 숲을 보느라고/ 내가 여기 멈춰서 있는 걸 그는 모를 것이다." 시인은 눈 내리는 밤, 남모르게 자연의 아름다움을 음미해본다. 그것은 바로 인생의 의미를 알고자 하는 노력이다. 솔솔 부는 바람과 눈 내리는 소리뿐이다. 세상 사람들 아무도 몰래 홀로 눈 내리는 소리를 들으며 자연의 아름다움과 고요한 풍경에 심취해 본 적이 있는가.

숲은 깊고 아름답지만, 시인은 세상과의 약속을 떠올리고 "잠들기 전 갈 길이 멀다."고 생각하면서 다시 길을 나선다. 약속, 삶에서 우리가 지켜야 할 약속은 너무 많다. 친구나 연인들과 지켜야 할 약속에서부터 나 자신과 삶에 대한 의무와 같은 거창한 약속에 이를 데까지, 이런 것에 이끌리면서 우리는 살아가는지 모른다. 동물과 달리 인간은 의식주라는 현실 문제의 해결만으로는 만족하지 못한다. 삶과의 약속이 없다면 인생에 대한 깊은 관계가 모자라는 것과 같은 것이다. 잠들기 전에 아직도 더 먼 길을 가야 한다는 것은 '인생길'에 대한 지켜야 할 약속이 많이 남아 있음을 의미하는 것이다. 자신에게 주어진 인생길과의 약속을 먼저 성실히 걸어가야 비로소 평온하게 잠들 수 있게 된다.

이 한밤 소리 없이 흩날리는 아름다운 눈 내리는 풍경을 누군가에게 보내고 싶은 마음이 든다. 눈 내리는 밤에는 세상의 모든 사람이 하나가 된다. 아무에게라도 전화해서 "거기에도 눈이 오나요?"라고 묻고 싶다. 눈 내리는 밤의 풍경을 누군가에게 알려주는 것은 즐거운 일이다. 눈 내리는 저녁 풍경을 보고 있으면 축복·기쁨·사랑·고요·용서와 같은 단어들이 떠오른다. 자연은 인간에게 무관심한 표정을 짓고 있지만, 이렇게 인간을 감동하게 하고 기쁘게 하고 슬프게 한다.

세상을 따뜻이 덮어주듯 푹푹 내리는 눈송이는 힘들고 어려울 때 우리를 감싸 안아주는 어머니의 손길 같다. 멀리서 온 즐겁고 반가운 편지 같은 눈송이들은 겨울 저녁 식탁을 정성스레 차려놓고 우리를 기다리는 어머니의 마음만큼 온화하고 정겹다. 흰 눈 내리는 날은 아이도 울리지 말라고 했지만, 눈 내리는 풍경을 바라보면서 이 세상의 모든 어둠과 불의가 없어지길 소망한다. 또한 세상 사람들도 이 순간에는 정말 선의와 축복의 마음을 가졌으면 하고 두 손을 모아본다. 법정 스님은 생전에 사람들이 마음을 한데 모으면 맑은 하늘에서도 눈이 내리게 할 수 있다고 한 적이 있다. 지금 저렇게 밤새 내리는 눈도 이 세상의 아픔과 슬픔을 거두어들이고자 하는 따뜻한 마음이 한데 모인 것이 아닌지.

축복과 화해의 눈이 산과 들 너머로 이어지면 세상 어디에 선들 전쟁과 갈등과 가난이 있을 것인가. 총을 겨누며 대치하고 있는 남과 북에 국경선과 철조망이 왜 있으며, 종교와 이념의 희생물이 된 채 자기 나라를 떠나 이곳저곳을 떠도는 유민이 왜 있으며, 가난과 기아에 힘들어하는 사람들이 왜 있을 것인가. 순백의 눈이 세상의 모든 아픔과 슬픔을 지우는 날은 어디서나 할 것 없이 사람들을 하나의 마음으로 묶어 줄 것이다.

사람들은 첫눈이 내릴 때 환호하면서 카페에서 공원에서 극장에서 만날 약속을 한다. 친구와 연인과 가족은 서로 만나 팔짱을 끼고 포옹을 한다. 눈은 사람과 사람을 사람과 세상을 하나로 묶어준다. 그렇지만 눈이 그치고 나면 모두 허무하게 흩어진다. 모든 것이 그렇듯이 시작은 아름답고 찬란하지만, 끝은 고독하고 허무하다.

찬란하던 눈은 멎었다. 사람들도 모두 흩어진다. 첫눈은 반기면서 즐겁게 맞이했지만, 마지막 눈은 아무도 모른 채 혼자 쓸쓸히 제 할 일을 마치고 소멸한다. 첫눈은 누구나 아는 눈이지만 마지막 눈은 아무도 모르게 마감된다. 흰 머리칼 위로 떨어지는 마지막 눈은 한 계절의 끝을 알려주고, 한 사람의 마지막 사랑 위에 떨어지는 눈이다. 인생의 마지막 눈 내리는 쓸쓸한 날, 진짜 사랑이 필요할 때는 이때일 것이다. 그렇지만 눈도 그치고 만날 사람도 없다.

외투를 걸치고 바깥으로 나가 본다. 흰 눈송이가 축복같이 날리는 속에서 헤매던 새들이 하늘 저 멀리 날아간다. 눈 속에서 길을 잃고 다니다가 이제야 자신들의 둥지를 찾아가는 길일 터이다. 인간도 이 삭막한 세상 어디에서 편안하게 쉴 곳을 찾기가 쉽지 않거늘 짐승과 새들이 저렇게 스스로 살아간다는 것은 참으로 신비롭고 경이로운 일이다.

새하얀 눈꽃들 속에서 세상은 자꾸 어둠에서 밝음으로 바뀌어 간다. 어둑새벽 눈 내리는 숲에서 평화롭고 고요한 세계와 하나가 되어간다. 고달프고 힘든 삶을 살아가는 이 지상의 모든 생명에게 눈꽃처럼 행운과 축복이 가득하기를.

3장

포구浦口에서

포구에 서 있다. 포구에는 떠났다가 돌아오는 배들로 가득하다. 파도는 지치도록 먼길을 배회하다가 여기로 흘러들어 왔고, 배들은 어딘가를 헤매다가 쓰러지듯 간신히 이곳으로 돌아온다. 포구의 파도와 배들은 이제 더 갈 곳이 없다는 듯 짐짓 고요히 엎드려 있다. 이향離鄕의 바다는 곧 귀향의 바다이다.

바다가 아무리 넓다 해도 지금 내가 서 있는 포구는 세상의 중심이다. 포구를 빙 둘러싸며 묶인 배들은 환주를 이루며 옹기종기 모여 있고, 이곳에서 배들은 떠나갔다 돌아왔다. 세상을 아무리 돌아다녀도 결국 나의 중심은 고향에 있었다. 포구는 바다 사람들의 고향이다.

불멸의 바다, 불변의 바다, 불면의 바다, 바다는 죽지 않고 바다는 변하지 않고 바다는 잠들 수 없다. 바다만큼 영원히 푸른 것은 없다. 산천이 변한다지만 바다는 늙지도 변하지도 잠들지도 않고 언제나 청춘이다. 바다는 세상에서 가장 오래되고 변치 않는 친구다. 세상의 어떤 음악도 저 바다의 단조로운 해조음海潮音보다 아름다운 것은 없다. 영원한 고전의 세계 앞에 나는 서 있다. 바다의 소리는 단조롭지만 세상의 모든 소리와 풍경을 다 품고 있다. 바다는 무심한 듯 누워 꽃처럼 피어나고, 바람처럼 흘러가고, 사람처럼 한숨 쉰다. 그러면서 이승과 저승을 넘나든다.

새벽이 되어 어딘가에 숨어있던 갈매기들이 나타나 기상 소리를 질러댄다. 잠에서 깬 포구는 금세 활기를 찾는다. 깊은 잠에 빠져 있던 배들도 출항을 준비한다. 뱃고동 소리를 울리며 떠나는 배들은 간밤의 단잠을 털어내고 바다에 입술을 내밀며 첫 키스를 한다. 항구를 떠날 때도 돌아올 때도 뱃고동은 운다. 뱃고동 소리를 들으면 왠지 마음이 울컥해진다. 때때로 인생이란 뱃고동처럼 목이 메는 것이다. 어딘가로 떠나면서 기적 소리를 울려대는 배를 바라보면 저승으로 떠나는 상여를 보는 듯하다. 우리는 언젠가 다시는 돌아오지 못할 곳으로 목멘 기적 소리를 울리며 떠날 것이다.

배는 망망한 새벽 바다에 출어의 깃대를 높이 걸고 아득한 세상을 향해 페르시아 카펫같이 출렁이며 나아간다. 아이들은 엄마의 치맛자락을 붙잡고 늘어지며 아비가 빨리 만선으로 돌아오기를 기다린다. 사내들은 빈 배에 몸을 싣고 잠이 덜 깬 눈을 부비며 포구를 떠난다. 배는 돛대도 없고 삿대도 없이 정처 없이 떠난다. 바다만 바라보며 앞으로 앞으로 나아간다. 바다로 나아가면 망망대해일 뿐 섬도 육지도 보이지 않는다. 파도와 함께 물결은 거침없이 출렁인다.

거친 파도 속에서 모진 희망과 절망의 오열이 깊은 인간의 역사같이 철썩인다. 왜소한 인간의 삶이 이리 모질고 서러운 것이라면, 바다의 역사는 얼마나 깊고 슬플 것인가. 부웅~, 부웅~, 길게 퍼져나가는 뱃고동 소리는 유물론이다. 여기에서 정신이나 관념은 유보된다. 아니 언제나 그랬다. 길거리에서 굶어 죽는 사람에게 살아가는 법을 알려 주기보다는 빵을 먼저 주어야 하는 게 하닌가. 죽어가는 이에게 삶의 이치를 가르쳐 어찌할 것인가.

바다의 모든 고기가 다가왔다 흩어진다. 바다의 길목엔 갈치·조기·넙치가 흩어진 꿈을 모아들인다. 철썩이는 파도는 그리운 사람들 어깨에 부딪힌다. 저 멀리서 튀어 오르는 갈치 떼의 은빛 비늘이 세상의 모든 영광과 치욕 위에 빛나고 있다. 언제나 물질은 정신 위에 있었다. 우리가 하늘나라가 아니고 이 세상에 살고 있는 한, 삶은 그 자체가 운동이고 물질이 아니던가. 여기서 주저앉으면 안 된다. 퍼덕이는 저 은빛 몸짓은 바로 내 꿈의 실현이고 운동이다.

이제 귀향의 시간이다. 밤이 가까워져 오면서 시동을 끈 배들이 자꾸 포구로 모여든다. 만선의 깃발을 흔들며 배들이 포구의 끝에 모인다. 바닷새들도 배 근처에 모여들며 머리를 기웃거린다. 새들이 푸드덕거리는 소리가 요란하다. 만선의 배에는 새들이 주둥이를 높이 쳐들고 막 몰려든다. 어디에서나 생존을 위한 몸부림은 치열하다. 새들은 놀랍게도 인간보다 더 현실적인 모습으로 뱃전에 나타난다.

구름 한 점 없는 푸른 물결이 넘실대는 포구다. 멀리서 불어오는 바람은 순식간에 바다를 넘어 여기까지 왔으며 내쳐 더 먼 곳으로 갈 것이다. 포구에는 바람이 몰고온 비린 냄새가 자욱하다. 어부들의 밤새 노동의 흔적으로 남은 땀냄새는 더욱 고귀하다. 만선으로 돌아오는 배들을 바라보는 나는 허주虛舟다. 포구로 주춤주춤 모여드는 배들을 바라보면서 뱃전에 간신히 발 하나를 얹어본다. 생의 얼굴은 언제나 만선을 꿈꾸며 포구를 떠났다가 다시 포구로 돌아오는 지친 빈 배와 같다. 육신이 힘들게 끌고 다니다가 내팽개친 욕망이 조개

껍질처럼 포구에 굴러다니고 있다. 태양이여, 내 눈을 그대와 같이 밝게 하라. 사랑해선 안 될 것을 사랑하지 않도록, 꿈꾸면 안 될 것을 함부로 꿈꾸지 않도록. 그리하여 함부로 외로워하거나 그리워하지 못하도록, 어차피 모든 것은 헛되이 왔다가 헛되이 가지 않던가.

포구의 발아래에서 단단한 밧줄로 묶인 배와 함께 등대를 바라본다. 태풍 같은 파도 소리와 함께 길고 긴 어둠도 몰려온다. 저 어둠과 함께 파도는 밀려가고, 밤바다를 비추는 달은 내 가슴으로 흘러들어 온다. 나는 달과 함께 바다와 함께 무너지고 만다. 포구의 발아래에서 죽어가야 한다면, 나는 기꺼이 푸르게 푸르게 죽고 싶다. 파도는 내 가슴에 푸르게 부딪히고, 달은 내 마음속에서 흘러가고, 나는 포구에 길게 누어 파도와 달을 맞고 떠나보낸다.

포구에서 등대처럼 서서 떠나간 파도와 달과 만선을 기다리고 있다. 언제부터인가 나의 왕국을 꿈꾸었으나 번번이 파도가 밀려와 모든 것을 부숴버렸다. 파도에 부서지면서 포말만 남기고 모든 것은 물새처럼 추락하였다. 파도가 부서져 내리는 소리를 들으면서 돌아가고 싶었다.

나는 떠나온 곳으로 다시 돌아가리라. 내가 애초에 출항한 곳을 찾아 귀향하리라. 젊은 시절부터 꿈꾸어 온 찬란한 배에

수천 개의 돛대를 세우고 한 배 가득 고기를 잡아 귀향하리라. 황홀하게 바라보던 만선의 귀향, 형형색색의 깃발을 날리며 고향으로 돌아가리라. 내 생애의 힘들고 아쉬웠던 모든 시간을 달빛처럼 가득 싣고 돌아가리라.

한세상 머물다 가는 이치가 바다와 같으니 나는 나만의 바다에 가서 쓰러지고 싶다. 달은 다시 월식을 준비하고 있다. 저 달이 다 없어지기 전에 이제 포구를 떠나야겠다.

회색인

영화가 끝나고 불이 밝았지만 자리에서 일어설 수가 없었다. 옆자리에서도 그 옆자리에서도 많은 사람이 그냥 자리에 앉아 있었다. '호헌철폐! 독재타도!'라는 구호 소리가 계속 귓전에 울리고 있다.

영화 「1987」은 1987년 1월 한 대학생의 죽음이 6월의 광장으로 이어지기까지의 과정을 보여준다. 우리 모두가 주인공이었던 그 해, 생각만 해도 가슴이 먹먹해지던 그때에는 모두 뜨거운 사람들뿐이었다.

나는 원래 과격한 사람도 아니고 처음부터 학생운동을 하려 했던 것도 아니다. 더욱이 대학원 학생의 신분이어서 자칫 데모하고 다니다가 교수들 눈밖에 나기라도 하면 학업도 중단해야 한다는 것을 잘 알고 있었다. 처음에는 시위에 참여하는 것을 주저하며 이리저리 피해 다녔다. 하지만 피할 수 없는 양심상의 책무랄까, 가슴 깊은 곳에서 끓어오르는 윤리의식 비슷한 것이 나를 하숙집에 그냥 앉아 있을 수 없게 했다. '이대로 이렇게 있을 수 없다. 역사적 현장에 나가 봐야 한다.' 가슴 깊은 곳에서는 계속해서 이런 목소리가 들려오고 있었다.

다니던 학교에서 멀지 않은 신촌 로터리에서는 연일 가두시위가 있었다. 참여는 하고 싶고, 데모는 하면 안 될 것 같고, 어정쩡하게 따라가다 나도 모르게 시위 대열에 본격적으로 끼어들었다. 처음엔 마지못해 꽁무니에 끼여 있었는데, 자꾸 조금씩 앞으로 나가다 보니 어느 틈에 거의 맨 앞줄에 서게 되었다. 마침내 시위대 앞에 서서 구호도 외치고 돌도 던지고…. 그렇게 시작된 것이 학교에 가기보다는 거리에서 구호를 외치며 앞장서 뛰어다니는 일이 더 많아졌다. 드디어 신촌 어느 어두운 하숙집에 모여 시국선언문을 작성하는 일에까지 끼어들었다. 그러다가 어느 날 뒷골목에서 검은색 안경 낀 정체불명의 건장한 사람들에게 붙잡혀 어딘가 알 수 없는 곳으로 끌려갔다. 그때부터 내 젊음은 다 망가져 버렸다.

매 순간이 생과 사의 갈림길이었다. 죽느냐 사느냐의 선택에서 초월하고 자유로울 수 있는 사람은 없다. 백을 선택하느냐, 아니면 흑을 선택하느냐에 따라서 죽음으로 가느냐 삶으로 가느냐가 달려 있었다. 어렵사리 구해온 『자본론』 『변증법적 유물론』 같은 불온서적(?)을 밤새 읽으면서, 뜨거운 돌멩이를 누군가를 향해 던지면서, 어느 날 갑자기 흔적 없이 사라져 간 친구를 생각하면서 죽어도 좋다고 절규했다.

지금 생각하면 '그럴 때도 있었지.'로 추억하고, 또 '무엇을 위해 그렇게 죽기 살기로 싸웠을까.' 하는 회의적 생각이 들기도 한다. 그 절체절명의 숨막히는 시간 속에서 먼저 어디론가 떠난 친구들을 생각하면 '살아남은 자의 슬픔'이 명치끝까지 아려오곤 했다.

나는 회색을 싫어했다. 회색은 검정과 흰색의 혼합으로 검은색을 흡수하고 흰빛도 반영한다. 흔히 회색은 양 극단의 어느 쪽에도 치우치지 않으며 흑도 백도 아닌 가운데를 의미하는 색이다. 말이 좋아 중도이지만, 이것도 저것도 아니다. 회색은 조용함과 무無를 연상시키면서 자발성 없이 무의미하고 애매모호한 성격을 나타낸다. 은색 같은 밝은 회색은 지성적이거나 고급스러움을 상징하기라도 하지만, 어두운 회색은 침울하거나 퇴색을 의미한다. 그래서 그동안 나는 기회를 엿보거나 음흉한 냄새를 풍기는 '회색주의자'라는 말을 경멸해

왔다.

좋게 말하는 사람은 회색이 중용의 미덕을 보여주는 좋은 색이라고 한다. 중용이란 지나치거나 모자람 없이 도리에 맞는 것이며, 평상적이고 불변적이다. 또한 이쪽과 저쪽의 경계를 중화해주는 역할을 한다. 경계란 사물이 어떠한 기준에 의하여 분간되는 한계를 뜻한다. 그 자체로서 명확한 실체가 없는 것이어서 두 대상을 갈라놓는 추상적이고 관념적인 기준일 뿐이다. 흑과 백, 선과 악이란 실체와 기준이 모호하기에 만질 수도 볼 수도 느낄 수도 없다. 악이란 관념적으로 존재하는 선의 반대 개념일 뿐이다. 그렇지만 경계는 끊임없이 선과 악, 나와 세상을 구분하고 적과 동지로 마주 세워 적대시한다.

아직도 돌멩이를 보면 화염병 냄새가 난다. 떠날 것들은 다 떠나고 남은 것들만 남아 있지만, 아직도 돌멩이는 화염병 냄새를 품고 있는 것 같다. 누가 오라고 불렀는가, 누가 가라고 했는가, 남은 것은 말없이 사람들 발길에 차이면서 뒹구는 돌멩이뿐이다. 돌을 던지고 최루탄을 피해 도망가면서, 함께 시국선언문을 작성한 친구들을 불라며 밤새 고문당하면서, 나는 죽어도 저들을 용서치 않으리라 생각했다. 그러나 이제 생각하니 이 세상에서 영원한 적도 없고 영원한 동지도 없었다. 그냥 그사이에는 경계만 존재할 뿐이었다.

경계는 우리를 끊임없이 대립하고 충돌하고 단절시킨다. 삶의 역사가 그렇듯이, 나라의 역사도 경계를 가운데 둔 대립의 역사이다. 그래서 너와 나는 갈라져 있고, 나라는 두 동강이 난 채 대립하고 있다. 모든 경계와 경계 사이에 꽃이 핀다면 갈라진 사람과 사람 사이에도, 두 동강 난 나라에도, 서로 소통하고 화해하여 진실한 마음으로 만날 수 있을 것이 아닌가. 사람들은 경계에서 어정대면 '회색인'이라고 비난하기만 했다.

경계 건너에서 돌과 화염병을 던지던 시절도 많이 지나고 이제 최인훈의 『회색인』에 나오는 독고준처럼 자꾸 회색인이 되어 간다. 나는 흑과 백이 되어 무엇을 잃어버렸고, 그 자리를 무엇으로 채운 것일까. 사람은 누구나 모자란 채로 태어나고, 살아가는 과정은 그 결핍을 채워가는 과정이 아닌가. 빈부도 이념도 종교도, 사랑에서마저도 완전한 충족이란 없다. 모자람을 채워갈 뿐이다. 완전한 충족을 이루기 위해서 사람들은 번뇌와 고통에 빠지게 된다. 우리는 온통 흑백으로 단정 지워진 시대에서 선택을 강요당하며 살아가고 있다. 그러면서도 진정한 선택으로 충족되지 못한 채 살아가고 있다.

그 시절, 무슨 소중한 성전聖典같이 품고 다니던 『자본론』

이 지금도 서재 어느 구석에 꽂혀 있다. 원래 흰색 바탕이었던 표지는 손때와 세월의 먼지가 배여 회색으로 변해 있다. 이제는 거의 보지도 않는 책을 아직도 버리지 못하고 간직하며 다니는 것은 내 청춘의 흑과 백의 고뇌가 그곳에 고스란히 묻어 있기 때문이다.

오늘도 세상이 시끄럽다. 사람들이 광장에 모인다고 한다. 예전에는 감히 나올 수 없는 소리가 세상을 가득 채운다. 두려운 것은 저렇게 만들어진 소리가 갈수록 또 다른 경계를 만드는 것이 아닐까 하는 걱정이다. 좋아하는 시인에게 휴대폰 문자를 보냈다. "세상이 어찌 갈수록 어두워갈까." 바로 답이 돌아왔다. "세상은 항상 어두웠어요." 맞다. 세상은 밝음보다는 어둠이 더 많았다. 그렇지만 우린 숨을 쉬며 살았다. 서로 손을 잡아주며 살아왔다. 어깨를 보듬으며 서로 끌어안고 사랑해 왔다. 모두 회색인이 되어도 좋다. 부디 우리들의 오른쪽과 왼쪽 사이에 경계가 없어지고 사랑과 평화의 꽃이 활짝 피어나기를.

방물장수 할머니

어머니는 워낙 사람을 좋아하는 분이셨다. 동네 사람은 물론 집으로 찾아온 사람을 붙잡고 오랫동안 수다를 떨기 일쑤였다. 이런 일은 수없이 많았지만, 그중에서도 가장 또렷하게 기억에 남아있는 것은 방물장수 할머니와 관련된 일이다. 초등학교도 들어가기 전의 그날 일은 아직도 생생한 기억으로 남아 있다.

어느 날 낮에 어머니보다 훨씬 나이가 많아 보이는 할머니 한 분이 집으로 찾아왔다. 할머니는 나의 몸집 크기가 됨직한 보퉁이를 머리에 지고 있었다. 무어라 막 사설을 풀면서 할머니가 머리에 이고 있던 보퉁이를 펼쳐 놓자, 그곳에서는 알라딘의 요술 상자가 열린 듯 온갖 물건들이 튀어 나왔다. 물건은 여자에게 쓰이는 연지·분·동백기름 따위의 화장품과 거울·빗·비녀와 같은 장식품, 그리고 바느질 도구와 패물에 이르기까지 없는 것이 없었다.

행상하러 다니는 이런 여성을 '방물장수'라고 부른다는 사실을 안 것은 훨씬 세월이 지난 뒤의 일이었다. 당시 나의 눈에는 오직 할머니의 보따리에서 쏟아져 나온 물건들이 모두 신기할 따름이었다. 방물장수는 물건을 보퉁이에 싸서 등에 지거나 머리에 이고 여기저기 돌아다니며 장사를 하였기에 사람들은 '보따리장수'니 '아파牙婆'라고 부르기도 했다. 그들은 행상 외에 여염집 여성에게 세상 소식을 알려 주거나 특별한 심부름을 맡아 하는 구실도 겸하였다. 특히 내외가 엄격하던 조선 시대에는 사대부집 여성의 바깥출입이 금지되어 있었으므로, 방물장수의 입을 통해서 세상 물정을 아는 것이 거의 유일한 방법이기도 하였다. 방물장수는 여염집 안채에까지 무상출입을 할 수 있었으므로 단골을 맺은 마나님들의 말동무도 되어 주고, 나중에는 혼사와 같은 집안 대소사에 의논 상대로까지 끼어들기도 했다. 그래서 방물장수는 상대 가문의 사정을 염탐하는 정보 수집꾼으로 이용되는 일도 적지 않았다.

어머니와 대화하던 방물장수 할머니의 모습을 신기하게

바라보던 꼬마는 봄날의 물호박처럼 자라 어느새 대학생이 되었다. 대학생은 최명희의 소설 『혼불』에서 강실의 부모가 임신한 딸을 동네 사람들 몰래 방물장수 편에 딸려 멀리 외지로 보내던 장면을 읽으면서 방물장수에 대한 기억을 새롭게 일구어내었다. 그러면서 생각했다. 사람과 사람 사이에는 운명의 만남이란 것이 있지만, 사람과 물건 사이에도 운명의 만남이 있지 않을까. 방물장수는 바로 그런 만남을 주선하는 사람이었다. 제 세상 만난 듯이 이것저것 물건들을 마음대로 만지려고 하며 칭얼대는 어린 나를 달래가면서 어머니는 방물장수 할머니가 펼쳐 놓은 물건들을 하나하나 꼼꼼하게 살펴보고 있었다. 마침내 어머니의 손에는 참빗 한 개와 한 타래의 고무줄이 쥐어졌다.

　머리를 손질할 때 어머니는 늘 참빗만을 사용하였다. 경대 거울을 올리고 동백기름을 발라가며 머리를 빗는 어머니 모습을 나는 옆에 쪼그리고 앉아 신기한 듯 바라보곤 했다. 얼레빗이 반달 모양으로 엉성하게 생긴 데 반해 참빗은 잘못 빗으면 머리카락이 한움큼 뽑힐 만치 촘촘하고 치밀하다. 참빗은 서두르며 이용하다 보면 오히려 머리가 엉키게 마련이다. 촘촘한 빗살 속에는 어머니의 삶이 잘 얽혀 있는 듯했다. 어머니는 빈틈없이 살아온 꽉 찬 인생을 참빗처럼 올올이 차곡 차곡 일구어낸 것인지 모른다. 거울 앞에 앉아서 참빗과 함께 자신의 모습과 삶을 차분히 바라보는 시간을 가졌을 터이다, 쪽 찐 머리 한 올도 흐트러진 모습을 보인 적이 없는 어머니다.

다른 빗들도 많이 있었지만, 어머니는 한결같이 참빗만 고집하셨다. 참빗의 빗살 간격만큼 당신의 삶을 올곧고 가지런하게 만들고 싶었던 것인지 모른다. 어머니가 참빗을 손질하는 모습이 나에게는 쓸쓸하고 외로웠던 지난 시간을 쓰다듬는 시간을 손질하는 것같이 보였다. 방물장수 할머니는 이런 어머니의 마음을 잘 아는 듯 참빗을 이것저것 보여주며 수다를 떨었다.

참빗과 함께 어머니가 산 고무줄은 당시로는 매우 귀한 물건이었다. "고무줄은 당기면 늘어나고 놓으면 줄어들고 해서 매우 신기해요."라며 어머니가 말했다. 방물장수가 말을 받는다. "그러게 말입니다. 고무줄이 신기한 것은 늘어나는 것이 아니라 줄어드는 데 묘미가 있는 것 같아요. 늘어나기만 하고 줄어들지 않는 고무줄은 아무 쓸모가 없어요."

방물장수의 수다는 계속되었다. "세상만사가 다 그렇지요. 재물도 그렇고 사람의 욕심도 그래요. 윗동네 부자 김 서방처럼 모으고 부풀리기만 하다가는 언젠가는 끊어지고 말겠지요."

　방물장수 할머니와 어머니는 세상에서 일어나는 모든 일을 다 알고 있는 듯했다. 이 세상에 영원한 것은 없어서 모든 것은 생사 소멸의 법칙에 따르는 것이 순리다. 인생의 모든 행복과 불행은 집착에서 비롯된다. 명예와 재물에 대한 욕심을 버려놓을 때 비로소 마음의 평안을 얻게 된다. 많은 재산을 가지고 전전긍긍하는 부자들이 배워야 할 것은 고무줄의 가르침과 같은 것이다. 어린 내가 그런 교훈을 알아들을 리 없었지만, 방물장수 할머니와 어머니가 나누던 이런 이야기는 어른이 될 때까지 간혹 어둠 속에 비치는 섬광처럼 떠올랐다.

　두 사람의 이야기는 끝없이 이어졌다. 대화의 내용은 쉽게 알 수 없는 것이었지만, 기억건대 '육이오전쟁'이니 '빨갱이'니 하는 단어들은 생생하게 남아있다. 아마도 할머니와 어머니는 해방과 전쟁을 거치면서 자신들이 겪어야 했던 고단한 삶에 대해 경쟁하듯 이야기했던 것 같다. 전쟁은 사람들에게서 창공의 푸른 별, 반짝이는 물, 사람의 따뜻한 온기를 모두 앗아가 버렸다. 어디서 울려오는 총성은 누군가를 무덤 앞에서 울게 했고 푸른 하늘에는 붉은 꽃잎을 휘날리게 했다.

　방물장수 할머니는 물건을 파는 일은 잊어버리고 아예 무대에 오른 배우라도 된 듯 장탄식을 하염없이 늘어놓았다. 할머니는 모처럼 자신의 파란만장한 삶을 털어놓을 좋은 상대를 만났기 때문에 즐거웠을 것이고, 어머니는 장날 엿장수 앞에선 아이들처럼 그 이야기를 흥미로워하며 고개를 끄덕였다.

세상을 살다 보면 너나없이 온갖 일을 다 겪는다. 살아오면서 깊은 고통과 슬픔에 빠지던 때가 한두 번이던가. 누구나 파란만장한 삶을 겪으면서 각자는 연극의 주인공이 된다. 저마다 이 세상에 던져지면 주어진 역할이 있고, 그 역할을 충실히 해야 하는 배우인 셈이다. 각자의 인생 무대가 눈앞에 펼쳐지게 되고 모두의 자리에서 인생의 주인공으로 살아가게 된다. 그렇지만 혼자서 세상을 헤쳐가기엔 이 세상의 무게가 너무 버겁다. 그렇다고 누가 대신 살아줄 수 있는 것도 아니다. 이럴 때 나의 이야기를 들어주면서 함께 마음의 동반자가 되어줄 수 있는 사람을 만난다는 것은 얼마나 큰 행운인가. 어느사이 해는 손수건을 흔들며 서쪽하늘로 떠나고 있었다.

이제 어머니도 저세상으로 가셨고, 그토록 아끼던 참빗과 고무줄도 모두 없어진 지 오래다. 가진 것 다 비워내고 그토록 소중하게 여기던 인연의 끈만 남긴 채 홀연히 떠나셨다. 그래서인지 그날 어머니와 방물장수 할머니가 떨던 수다의 기억은 고향 언덕에 떠있던 낮달같이 내 가슴 한구석에 아련하게 남아 있다.

밤으로의 여로

마당에 장끼들이 뛰어다니고 멀리서 뻐꾸기
들이 애달프게 울어대는 낮의 시간도 좋지만, 세상과 사람들
이 적막과 고요의 시간에 빠져드는 밤의 시간이 나는 한없이
좋다. 이 시간은 오직 세상에서 혼자만의 시간이다. 낮의 소
음과 경쟁으로부터 모두 결별하는 시간, 나는 황제가 되고 거
지가 되고 천사가 되고 악마가 된다.

그동안 내 곁에서 서성이다 떠나간 사람, 다 채우지 못하
고 지나간 아쉬운 시간, 멀리 하늘나라에서도 나를 지켜보고
계실 부모님에 대한 애틋한 그리움이 낮에 거닐던 연못가의
밤안개처럼 피어오른다. 세상은 깊은 침묵과 어둠에 빠져 있
지만, 적멸의 시간은 나를 고요와 평화와 안식으로 이끈다.

낮이 활동의 시간이라면 밤의 어둠은 안식의 시간이다. 사람은 잠잘 때에 휴식하며 성장한다고 한다. 어둠의 세계에서 평안과 휴식을 누리며 다음날을 예비할 수 있다. 잠과 꿈은 생명의 연장 수단임과 동시에 휴식과 평화의 동의어이다. 불면의 고통스러운 시간을 보내는 사람은 밤과 잠이 얼마나 소중한 것인지를 잘 알고 있다. 일과 다툼이 가득한 낮만 존재하고 휴식과 꿈이 있는 밤이 없다면 우리가 무슨 수로 살아갈 것인가.

삶이란 누구에게나 예외 없이 빛과 어둠 속에서 행복과 불행도 좌우된다. 행복은 빛 속에서 이루어지고 불행은 어둠 속에서 이루어진다고 사람들은 생각한다. 그러나 이런 원리가 삶의 모든 부면에서 그대로 적용되는 것은 아니다. 인간과 세상이 그렇듯이 낮은 낮대로 밤은 밤대로 나름대로의 의미를 지닌다. 해가 어스름에 잠기고 하루의 등불을 끄자 질박하게 찾아든 어둠이 낮의 시간을 삼키고 나를 무위의 시간으로 안내한다. 밤은 길을 새롭게 만들어 준다.

빛이 밝게 비추는 아침이나 해가 떨어지는 석양도 좋지만, 밤하늘의 캄캄해진 길에서 빛나는 불빛은 더욱 아름답게 보인다. 밤은 아름다운 시간이다. 이곳에는 달과 별과 술과 촛불이 있다. 당신이 오지 않는다면 이들이 무슨 의미가 있겠는

가. 아니다. 당신이 오지 않아도 좋다. 온 낮을 괴롭혔던 근심은 떠돌이 유민들처럼 천막을 거두고 어딘가로 조용히 떠나간다. 어둠은 소란스럽던 세상에 위안과 평화를 가져온다. 서산에서 타오르던 노을을 떠나보내고 모두 돌아갈 고향 생각에 잠기게 된다. 하늘이 어둠에 길들면 세상을 보는 눈도 깊어지고 땅은 두 손 내밀어 힘겨웠던 시간을 어루만져 준다. 발밑의 대지는 눅눅한 슬픔과 고통으로 젖어 있지만, 힘들 때 어쩔 수 없이 다시 기대야 하는 누군가의 어깨 같은 곳이다.

하루가 끝나고 떠날 때 어둠은 밤의 날개 위로 퍼덕이며 내린다. 어둠은 밤의 어깨 위에 자신의 몸을 기댄다. 철새가 제집으로 돌아가다 흘린 깃털 하나 천천히 떨어지듯 마을의 집에서는 등불이 하나둘 들어오기 시작한다. 밤이 어두워지고 내 마음도 어두워진다. 어두운 밤은 고요해지고 나의 마음도 고요하다. 그 위로 달빛이 드리운다. 등불과 달빛은 알 수 없는 슬픔을 자아내고 서글픔과 그리움을 가져온다. 어두운 밤 한가운데 밝은 빛이 들어온다. 이때 아름다운 영혼의 노래를 준비하는 시인의 노래는 세상에 지친 사람들의 근심을 가라앉힌다. 이제 모두 깨달음의 시간에서 자신의 영혼을 일깨운다.

나는 불교의 수행 방식인 참선參禪을 참 좋아한다. 참선은 깨달음을 얻기 위해 선禪에 들어가 자신의 참모습을 참구하는 수행이다. 선이 마음의 어떤 특정한 상태를 말한다면, 참선은 자기 마음의 본성을 참구한다는 의미이다. 자신을 곧세우고 앉아서 나와 생을 생각하는 것이다. 이런 생각을 할 때 나의 두 눈은 밤의 눈을 바라본다. 외로움을 이겨내기 위해 들판의 늑대는 저 많은 별자리를 세어본다고 한다. 젊은 붓다가 참선의 자세로 검은 어둠 속을 들여다보는 밤, 몸 구석구석에는 전율 같은 울음들이 스쳐 지나간다. 눈물은 어둠 속에서 가늘게 떨고 있는 한 점의 섬광같이 떨어진다.

　밤이 깊어 가면 자꾸 생각이 많아진다. 생각이 많아져서 모두 '생각하는 사람'이 된다. 로댕의 「생각하는 사람」은 단테의 서사시 『신곡』의 지옥을 바라보고 있다. 지옥의 문 위에 걸터앉아 인간들을 내려다보며 깊은 생각에 잠긴 시인의 모습을 그려내고 있다. 지옥에 간다 한들 어떻게 잊을 수 있을까. 사람이 사람을, 추억이 추억을, 흔적이 흔적을. 그것들은 캄캄한 밤의 징검다리로 나를 인도하는 마음의 불씨가 되어준다. 밤이 깊어가는데도 도무지 놓아줄 생각이 없는 생각, 멀리 떠나갔다가 다시 돌아와 밤을 간섭하는 생각. 나는 끊임없는 생각의 나락으로 빠져든다.

　생각은 다른 생각을 만들고 지워진 생각은 또 다른 생각을 물어오고 생각은 허공에서 나와 허공으로 돌아간다. 생각은 머물기 위해 오는 것이 아니라 떠나가기 위해서 오는 것, 하늘의 별과 달과 구름처럼 지나가기 위해 오는 것, 생각은 결코 손에 잡히지 않는다. 숲속을 스쳐가는 가을바람 같은 것, 없는 가운데에서도 존재하는 형이상학과 같은 것이 된다. 이것이 생각의 생존 방식이다. 연필을 들고 무언가를 기록한다. 비로소 내 생각은 구체화한다. 무언가를 기록하고 접촉함으로써 실체화되는 이 경박한 삶, 그렇지만 인간은 생각하면서 무엇인가를 만들어 왔다. 역사도 사상도 철학도 문학도 생각 속에서 이루어져 왔다. 인류는 생각에 대해 생각해 왔는데, 지금도 생각하며 살아가고 있다.

생각하는 동안 어둠의 지느러미는 머릿속을 거침없이 스쳐 지난다. 나는 자꾸 어둠을 만지고자 하지만 어둠은 만져지지도 보지도 듣지도 못한다. 낮의 밝음과 달리 어둠은 느리고 차갑게 흘러간다. 어둠은 속도도 온도 접촉도 없다. 그렇지만 어둠이 눈앞에서 저렇게 존재한다는 것은 다행이다. 어둠의 저 느린 유영과 외면하는 냉정함이 두렵다. 칠흑 같은 밤에 느낄 수 있는 절대 고요, 나는 밤을 동경하지만 밤이 두렵다. 낮의 현실과는 다른 밤의 현실, 낮과 밤의 비현실 사이의 접점에 노출되는 저 절망적인 상황은 나를 초조하게 한다.

사람들은 빛은 희망이고 어둠은 절망이라고 생각한다. 그렇지만 고난 없고 그늘 없는 삶을 바라지 마라. 고난은 견딜 수 있을 만큼 주어지는 아픔이고, 보람은 견뎌낸 만큼 얻어지는 기쁨이다. 오늘 내 몸이 수고스러워야 내일 마음이 풍요로워지는 것이 아닌가. 무엇이든 쉽게 구하려 들지 마라. 쉽게 얻어지는 것은 항상 쉽게 버려지고 쉽게 나타나는 사람은 쉽게 떠나가더라. 눈물 없는 삶을 바라지 마라. 울지 않고는 태어날 수 없듯이 고통과 슬픔 없이 살 수 없는 것이 인생이더라. 이런 기막히게 평범한 진리를 왜 인생의 막바지에 이르러서야 비로소 알게 되는가.

　앞만 보고 뒤를 되새기지 못하면 지혜를 구하기 어렵다. 어둠 속에서 제 몸으로 강렬한 빛을 발하는 별이 진정으로 아름다운 것이고, 절망 속의 희망은 스스로 떨쳐 일어나는 사람에게만 진정한 희망으로 오는 법이다. 어둠과 절망 속에서 깨어나오는 빛과 희망이야말로 진정한 아침이다. 빛이 오지 않는 어둠이 없듯이, 아침이 오지 않는 밤은 없다.

　어둠은 적인가 친구인가. 어둠은 항상 무섭고 두려운 존재이어서 어릴 때부터 어둠에 떨며 저 어둠을 빨리 벗어나야 한다고 생각했다. 드라큘라, 프랑켄슈타인, 저승사자는 모두 검은 옷을 입고 어둠 속에서 나타났다. 그렇지만 우리는 모두 어둠에서 빛을 갈망하는 향일성向日性이 있다. 어둠의 상태로 부터 부서진 삶의 내면을 응시하며 빛의 세계로 나아가고자 한다. 어둠에서 빛을 지향하고 갈망하는 것은 당연한 일이다.

인생과 사랑은 죽음을 향해 달리고 나의 영세한 정신과 육체는 미궁의 어둠 속에서 길을 잃는다. 어둠의 밤은 아침을 향하여 더욱 깊어간다. 영원으로 이어지지 못할 지금의 시간에 대해 절망한다. 내가 아는 언어와 부박한 의식은 밝아올 또 다른 날의 시간 속으로 위태롭게 접근해 간다. 나를 슬프게 했던 노래도 고요해지고 정원에서는 갈대가 죽고 새의 날개들도 사위어 가는 깊은 밤, 나는 상심한 별들과 작별한다.

산에 오르며

정상에 오르는 것은 항상 힘든 일이었다. 정상에 오르기 위해서는 희망과 절망, 기쁨과 슬픔이 함께 있었다. 봄날의 꽃 피는 산을 오르는 것은 기쁨과 희망이었지만, 겨울날 칼바람 부는 산을 오르는 것은 절망이며 슬픔이었다. 인생에서 봄날에 오르는 산보다는 겨울날 산을 오르는 시간이 더 많았다.

겨울산의 정상을 오른다는 것은 정말 힘든 일이었다. 눈바람이라도 몰아치는 날, 산을 오르는 것은 거의 사투에 가깝다. 겨울 산속에서 불어오는 바람은 언제나 매몰차고 살을 엔다. 정상에 도달하기 위해서는 많은 시간이 걸렸다. 바위에 앉아 윙윙대는 바람소리를 듣고 있으면, 봄, 여름, 가을에 달려왔던 기억의 순간들이 바람 속으로 모두 날려가버린다. 바람 속에서 날아가는 것은 시간만이 아니다. 세찬 바람에 날아가지 않으려고 웅크리고 있는 공간도 자꾸만 좁아지고 단순해진다.

산에 왜 오르는가라는 질문에 누군가는 "산이 거기 있기 때문이다."고 답하였다. 맞다. 산은 그저 저곳에 있을 뿐이다. 인간이 스스로 찾아올 때에 산은 비로소 품에 안아준다. 모든 힘든 일은 결국은 지나가고 만다. 산에 오르면 비관은 낙관으로, 좌절은 희망으로, 상처는 삶의 거름으로 바뀔 것이다. 산은 고통의 극복을 통하여 지금의 삶을 축제처럼 만들어 줄 것이다. 산을 정복하려고 하지 말고 산이 주는 교훈을 통하여 배우려고 하라. 많은 산악인들은 이렇게 말한다.

험하고 힘든 산을 오르는 고통의 시간은 길고 아득했다. 그렇지만 절정의 순간은 짧고 단순하다. 산을 오를 때 숨은 턱까지 차오르고 고통과 격렬한 마지막 몸부림의 시간은 힘들다. 그렇지만 정상에 올라서 맛보게 되는 시간은 잠시일 뿐이다. 오늘도 그 순간을 위해 몸과 몸을 부딪친다. 산은 정상에 오르는 것도 중요하지만 헐떡이며 오르는 그 순간이 더욱 아름다웠다. 되돌아보니 인생도 힘들고 어려운 순간을 이겨나가는 과정이 더 중요했다.

정상에 오른다는 것은 항상 쉬운 일이 아니었다. 저만치 엄청난 길을 걸어왔다고 생각했는데 걸어온 길보다 더 많은 길이 남아 있다. 이제는 숨을 고를 수 있다고 생각했는데 올라온 길보다 더 높은 고갯길이 기다리고 있었다. 흘러가는 물은 재촉하지 않아도 제 길을 만들어 강으로 바다로 흘러간다. 그렇지만 우리는 언제나 무너지는 담벼락에 기대어 있다는 절박함으로 살아간다. 비바람이 미처 오지도 않았는데 비바람을 걱정하면서 절박하게 살아왔다. 이루지 못한 생채기가 남긴 옹이, 무언가를 이루지 못했다는 회한이 언제나 어정쩡하게 길 위에 있었다.

이 세상에는 상처 없는 삶이 없다지만, 삶에서 예고없는 고비는 언제나 앞길을 가로막고 섰다. 대책없던 생의 충동을 어찌할 줄 몰라했던 적이 한두 번이 아니다. 끊임없이 솟아오르던 욕망과 흔들리는 푯대 같은 마음을 다스리지 못해 나는 봄바람에 얼마나 몸서리쳤던가. 하릴없이 밤샘 술을 마시고, 아침저녁으로 이른 꽃망울을 터뜨리며 피어나는 봄꽃들을 바라보면서 가슴 설레던 시절이 있었다. 가을에 굴러가는 낙엽을 보고 눈물지으며 세상에 절망하던 시절, 그때의 기다림은 언제나 나를 지치게 했고, 그리움은 흐린 저녁같이 자꾸 나를 젖게 만들었다. 그럴 때마다 다시 일어나 꿈꾸었다. 내일 가는 길은 오늘과는 다를 거라는 기대와 희망을 키웠지만 언제나 그 꿈의 끝은 쉽게 오지 않았다. 절박함은 절박함으로만 남고 어제와 오늘은 그냥 그대로 반복되었다. 그래서 어떻게든 빨리 정상에 도달해서 허무든 희열이든 마지막 끝을 보고 싶었다.

이제는 여기저기 자꾸 몸도 아파오고, 생의 충동보다는 죽음에 대한 걱정이 더 빈번하다. 아무리 인생은 고행이라 하지만 힘든 과정보다 잠시 동안의 쾌락을 더 중요하게 여긴다. 기쁨의 순간은 잠시일 뿐이다. 이곳저곳 다 헤매다가 마지막 종착역은 어디인가. 마지막 종착만이 중요한 것인가. 공부에서도 그랬고 여행에서도 그랬고 싸움에서도 그랬다. 나는 귀납법보다는 명제와 사유에 의해서 결론으로 나아가는 연역법을 더욱 중요하게 여겼다. 살아진 삶이 아닌 살아가야 할 삶, 내가 사는 삶은 갈수록 나의 힘으로 사는 것이 아니었다. 꿈·희망·사랑·열정은 모두 한순간으로 이어지기 위한 하나의 명제로서 종합되는 것일 뿐이었다. 아직 무언가를 제대로 이루지도 못하고 절정에 이르지도 못했는데, 벌써 결론은 나 있었고 이미 하나로 묶어져 분류되고 있었다. 그것이 슬펐다.

설산을 오르면서 헐떡이며 흘리던 땀은 몸안에서 녹아버리고 거친 숨도 가라앉았다. 계곡에서 들려오던 물소리를 따라 육체와 정신은 어느새 산에 동화되어 갔다. 계곡에 매달려 있는 바위들은 금세 나에게 덮칠 듯이 노려본다. 두려운 것은 산꼭대기가 아니라 비탈이다. 마음은 이중의 의지 때문에 현기증을 일으킨다. 산길은 높은 곳으로 치솟아 올라가고, 내 손은 바위를 붙든 채 몸을 지탱하고자 한다. 비탈에 서서 지나온 길을 내려다본다.

정상만 바라보면서 가는 것이 아니라 과정을 중시하는 것이 중요하다는 사실을 무시한 채 사람들은 앞만 보고 올라간다. 중요한 것은 산꼭대기가 아니라 계곡이며 비탈이다. 그렇지만 눈길은 높은 곳으로만 치솟아 올라가고 계곡과 비탈은 안중에도 없다. 사람들은 산을 정복했다고 하지만, 인생이든 산이든 어찌 감히 무엇을 정복할 수 있는 것인가.

산을 정복하겠다고 뛰어다니는 것은 범접할 수 없는 위대한 자연에 도전하겠다는 것이다. 어느 산이든 정상은 신성한 영역이고, 사람들이 함부로 올라서는 안 되는 곳이다. 그럼에도 세속의 버릇대로 사람들은 정상에 오르는 것만 알고 주변은 살피지도 않는다. 정상에 올라서도 마찬가지다. 정상에 조금 더 오래 머물고 싶지만, 산과 나무와 다른 사람을 위해 빨리 자리를 내주어야 한다.

산에서 보는 나무들은 지상에서 보는 것들과는 다르다. 계곡과 절벽 사이사이에서 자라난 나무의 고고함은 도저히 성장 불가능해 보이는 조건을 헤치고 나온 것이다. 누가 보든 말든 세상이 뭐라고 손짓하든, 자신의 운명을 의연히 받아들이고 세상의 모든 것을 초월해 제 모습을 이루고 있다. 세찬 세월의 풍상 속에서 살아남은 결기 어린 나무들이 이루어낸 세월의 무게를 산 아래 세속에서 자란 나무들과 비교할 수 없다.

산을 오를 때 내 살과 피는 뛴다. 때로는 흔들리고 때로는 헐떡이고 때로는 희열을 만끽한다. 이런 몰입과 열정은 그 무엇과도 바꿀 수 없이 절대적이고 강렬하게 삶을 감동적으로 만든다. 이것은 바로 살아있음을 의미하는 것이다. 누구나 정신과 육체가 영원히 강건하고 아름다운 보석처럼 빛나기를 바라지만, 그럴 수 있는 존재는 없다. 잃어버린 것에 대해 집착하는 것은 오히려 지금 얻을 수 있는 것조차 발견하지 못하게 한다. 무슨 일에서든 존재의미는 자신 속에서 찾아야 한다. 시간이 멈추어 지상낙원 샹그릴라에 들어갈 수는 없다고 할지라도, 신화 속 크로노스처럼 손에 낫을 들고 시간을 베어들일 수는 없다고 할지라도, 몸과 마음을 아름답고 소중하게 간직하는 것은 여전히 소중한 일이다.

오르막과 내리막은 삶을 살아가는 데 피할 수 없는 길이다. 책을 읽고 글을 쓰고 음악을 들으면서 하루에도 몇 번씩 나날의 삶을 소중하게 살아야 한다고 다짐을 한다. 아무리 열심히 앞만 보고 달려왔지만, 다시 정상에 오르기가 쉽지 않다는 아쉬움이 가득하다. 그래도 인생의 고비고비를 헤매면서 결실의 즐거움으로 얻은 것도 적지 않다. 정상에 선 순간이 중요한 것일지 모르지만, 그곳에 도달하기 위해 힘들어하고 한숨 쉬며 기웃거린 그 순간순간에 더 고귀한 의미가 담겨있었다.

아모르 파티

최근 인기를 끌고 있는 대중가요 중에 「아모르 파티」라는 노래가 있다. 이 노래가 인기를 끄는 것은 경쾌한 곡조와 재미있는 가사가 사람들의 흥미를 끈 때문이 아닌가 한다. 그러나 이 노래의 제목이 철학자 니체의 '운명론'을 의미하는 것이라는 사실을 아는 사람은 드물다. 이 노래를 작곡한 사람이나 가수가 '아모르 파티'라는 말에 이런 깊은 뜻이 담겨 있다는 사실을 알고 있는지는 짐작할 수 없지만, 아무튼 니체는 여러 저술에서 자신의 '운명론'을 펼친바 있다.

니체는 인간이 가져야 할 삶의 태도 중에서 가장 중요한 것은 자신의 운명을 사랑하는 것이라고 주장한다. 이것을 니체는 운명애運命愛, 즉 '아모르 파티amor fati'라고 했다. 니체에 따르면, 삶이 만족스럽지 않거나 힘들더라도 자신의 운명을 받아들여야 한다. 운명을 받아들인다는 것은 자신에게 주어지는 고난과 불행에 굴복하거나 체념하는 수동적인 삶의 태도를 의미하지 않는다. 오히려 자신에게 닥치는 운명을 적극적으로 사랑함으로써 삶에서 일어나는 고난과 불행마저도 극복할 수 있다는 것이고, 이것이 올바른 삶의 태도임을 강조한다. 삶에서 부정적인 것을 긍정적인 것으로 전환하여 자신의 삶을 긍정하고 그에 대한 책임을 져야 한다는 것이다.

니체는 운명을 사랑하라고 말하고 있지만, 사실 인간에게 운명을 거역할 힘이 있는지는 의문이다. 개인적으로든 사회적으로든 그동안 수많은 인간사는 인간으로서 어쩔 수 없는 운명과 보이지 않는 거대한 힘에 의해서 결정되었다고 해도 지나친 말이 아니다. 그런 까닭에 인간이 거대한 운명의 힘에 맞선다는 것은 부질없는 일이며 애초 불가능한 일인지도 모른다.

유명한 영국 작가인 토마스 하디의 『테스』라는 작품이 있다. 소설에서 순진무구하던 시골 처녀였던 테스는 보이지 않는 운명의 손길에 의해 파란만장한 인생을 살게 되고, 결국은 살인까지 저지르는 비극을 겪게 된다.

이 작품은 한마디로 자신의 의지와는 상관없이 운명이라

는 커다란 의지에 의해 연약한 인간이 어떻게 내동댕이쳐지고, 끝없는 불행의 나락에 떨어지는가를 비극적으로 보여주는 소설이다. 작품에서는 모든 운명이 시간과 공간의 틀에 짜여 테스를 그렇게 만들려고 정해진 것처럼 움직인다. 순진무구하던 시골 처녀 테스는 사랑하는 클래어로부터는 '순결을 상실했다.'는 고백 때문에 첫날밤에 버림을 받으며, 결국에는 첫남자인 알렉을 살해하는 비극에 휘말리게 됨으로써 형장의 이슬로 사라져 간다. 이야말로 '맹목적 의지(운명)'의 장난이 아닐 수 없다. 물론 등장인물의 이런 행위는 동시대 세계 질서의 변화와 타락상을 보여주는 것이지만, 현대적 인간의 모습의 한 단면을 보여주는 것이기도 하다. 사랑만이 운명이었던 여인 테스, 그녀의 운명처럼 우리의 운명은 아무도 알 수 없다.

우리의 삶에는 인간의 힘으로 어찌할 수 없는 어떤 힘이 존재하고 있어서, 그 힘에 따라 삶이 결정되는 것이 아닌가 하는 생각이 들 때가 많다. 그때 그곳에 갔더라면, 그때 그 사람을 진작 만났더라면, 그때 그 일을 미리 했더라면, 내 인생의 운명이 어떻게 달라졌을지 알 수 없는 일이다. 지금보다도 더 큰 부자나 훌륭한 사람이 되어 있거나, 더 좋은 사람을 만나서 행복하고 안락한 삶을 누리고 있을지도 모를 일이다.

생각해 보면, 우리의 삶은 언제나 마음먹은 대로 의지대로 운영되지 않았다. 원하는 대로 진행되기보다는 보이지 않는 운명의 손길이 다가와 우리의 앞길을 가로막아 서기 일쑤였다. 아무리 착하고 열심히 노력하며 살아도 행복하지 못한 삶을 살아가는 사람들이 있는가 하면, 그 반대인 사람도 많다. 그래서 우리는 때로 신이 존재하는가라고 불평하거나 애꿎게 하늘을 원망할 때도 있다. 그렇지만 어떡할 것인가. 잘되어도 나의 운명이고, 잘못되어도 나의 운명인 것을. 모든 일에 최선을 다하며 열심히 살아간다면 나쁜 운명은 멀어지고 행운의 여신이 언젠가 다가올 것이라고 생각할 뿐이다.

니체처럼 운명을 사랑한 사람도 없다. 그는 전복의 철학자였다. 그는 신을 믿기보다는 자신을 믿으면서 인생에서 커다란 결실과 향락을 수확하기 위해 "위험하게 살아라."라고 강조했다. 니체는 "너희가 믿었던 진리는 진리가 아니라 가짜이고 우상이다. 절대적 진리는 절대로 존재하지 않는다."라고 했다. 그가 "신은 죽었다."라고 외친 이유도 여기에 있다. 니체가 말하는 '아모르 파티'는 운명을 사랑하는 것을 말한다. 자신의 운명을 사랑하기 위해서는 춤을 추어야 한다고 말한다. 춤은 중력에 저항하는 운동이다. 인간은 자신의 삶을 사랑하기 위해서 춤을 추는 존재가 되어야 한다. 춤을 추면서 자신만의 새로운 신을 창조하라. 디오니소스는 주신酒神이다. 포도주의 신이며 도취와 망각의 신이다. 아폴론은 빛의 신이다.

내가 만든 삶의 목표는 나의 삶이 유지되는 짧은 시간에만 적용하기 때문에 한낱 허구와 환상에 불과할지 모른다. 하지만 나에게는 의미 있는 환상이다. 우리의 영혼이란 것도 신체와 마찬가지로 죽을 수밖에 없는 존재다. 새로운 삶을 위해서 모든 것을 긍정하고 사랑하고 받아들인다면, 삶은 이 순간부터 새로운 바다로 열리게 될 것이다. 이것이야말로 삶을 견뎌내고 살아갈 수 있는 방법이다. 그런 의미에서 라틴어의 메멘토 모리Memento Mori와 아모르 파티, 즉 '죽음을 기억하라'와 '운명을 사랑하라'는 상반된 의미의 조합이지만 결국 같은 시선으로 삶과 죽음을 바라보는 것이다. 이는 우리가 언젠가 죽을 것이니 살아 있는 지금 이 순간을 소중히 하라는 것이고, 그러니 지금 너의 운명을 사랑하라는 것이다.

오후의 산책길에서 인간에게 '행복'이 무엇인가를 다시 생각해본다. 지금 이 순간 나의 행복은 걸을 수 있고, 인생을 사색할 수 있고, 들꽃을 바라볼 수 있고, 새들의 지저귐을 들을 수 있는 이 자체가 행복이 아닌가 한다. 빨리 걸으면 생각이 적어지고, 느리게 걸으면 사색과 사고의 시간이 주어진다. 눈에 보이는 것이 꿈틀거리며 상상의 나래를 펴면 행복의 감정이 절로 몸에 가득해진다. 명예도 돈도 건강도 짧은 기쁨이 아닌, 정지된 시간에 오랫동안 나의 안녕으로 존재할 수 있다면, 그것이 나의 진정한 행복일 것이다. 궁극적인 행복은 주체적 안녕과 기쁨이 혼재된 상태에서 나타나는 것이다. 사람에게 주어지는 최고의 선물은 평범한 선물이고 이를 기쁜 마음으로 받게 될 때, 이 선물은 하늘이 주신 멋진 선물이라고 할 수 있다. 행복에 대한 정의나 확신은 바로 나 자신의 몫이다. 우리에게 행복이란 주어진 삶을 열심히 사랑하는 일이 아닐까 싶다.

니체는 삶에서 가장 중요한 단어는 '아모르 파티'라고 했다. 인간은 자신의 삶에 나타난 모든 과정들을 그저 견디는 데 그칠 것이 아니라, 한 걸음 더 나아가 그것을 사랑해야 한다. 그리고 니체처럼 "바로 이것이, 이것이 삶이었던가? 그렇다, 그렇고 말고!"라고 외칠 수 있는 순간이야말로 행복한 순간이다. 열심히 나의 운명을 사랑하다 보면, 언젠가는 행운과 행복이 올 것이다. 그러기 위해서는 나의 운명을 사랑할 일이다. 우리 모두 자신의 운명을 사랑하길, 아모르 파티!

다음에

　　방학을 마치고 오랜만에 학교에 나와 보니 여기저기서 온 책과 편지가 우편함에 가득 쌓여 있다. 빨리 저들을 살펴보고 보내 준 사람들에게 감사의 답장을 보내야 한다는 마음이 앞서지만 '다음에' 하고 미루고 만다. 오랫동안 주인을 만나지 못한 물건들도 시위하듯 잔뜩 먼지를 뒤집어 쓴 채 연구실에 널려 있다. 무관심과 기억에서 잊지 않으려고 시선을 보내지만, 그들은 나의 눈 밖에서 자꾸 희미해져 가고 있다.

　　갑작스레 전화벨이 울린다. 오래 만나지 못한 친구와 안부 인사를 나누다가 "다음에 밥 한끼 같이하자."며 통화를 마친다. 한동안 청소를 하지 않아서 먼지가 풀풀 날리는 연구실의 물건들과 만나지 못한 사람들에 대한 기억은 점차 저물어가는 내 생애의 시간을 바라보는 듯하다.

결박된 시간의 굴레 속에서 나날의 삶을 살아간다. 그러면서 지금 해야 할 일들은 자꾸 다음으로 미루어진다. 나의 현재의 시간은 미래의 시간으로 유예된다. 지금 당장 해야 할 일들을 자꾸 다음으로 미룬다는 것은 게으른 사람들의 익숙한 습관이겠지만, 그 내면에는 지금이 아니라도 앞으로 시간이 무한히 남아있다는 기대와 믿음 때문일지 모른다.

봄이 되어 새로운 꽃들이 모습을 드러내기 시작하면, 지난겨울을 이겨내고 어렵사리 나타난 꽃들은 더욱 소중한 의미로 눈앞에 나타난다. 정말 시간은 무한히 존재하는 것일까. 어린 시절에는 시간이 그렇게 느리게 지나간다고 여겨졌다. 어머니로부터 선물 받을 날, 학교에 갈 날, 친구를 만날 날을 손꼽아 기다렸다. 하루하루가 얼마나 느리고 더디게 지나가는지 시간은 언제까지나 내 앞에 머물 줄 알았다. 그렇지만 언제부터인가 시간은 쏜살같이 지나가기 시작했다. 시간은 나이 숫자만큼 비례해서 빨리 지나간다고 하지만, 정말 시간이 화살같이 날아간다는 말이 요즘 들어 실감이 간다. 하루, 한 달, 일 년이 금세 지나간다. 시간은 가뭇없이 사라져 간다.

바다에서 갓 잡아올린 퍼득대는 생선 같던 청춘이 한순간이었다는 것을 아는 지는 오래 걸리지 않았다. 레일을 흔들면서 어딘가로 달려가는 열차처럼 우리는 세월이 가는 소리를 듣는다. 인생을 가치있게 만들어 주는 요소는 여러 가지가 있지만, 그중에서 무엇보다 중요한 것은 시간임이 틀림없다. "시간이 쏜살같이 흐른다." "흐르는 시간을 잡을 수 없다." 이런 흔한 표현에서 흘러가는 시간의 이미지를 본다. 오랜만에 만난 친구의 몰라보게 변한 모습을 보면, 시간이 너무 빨리 흘러갔다는 생각에 서글픈 기분이 든다. 삶을 소중하게 여기는 사람일수록 매 순간이 소중하다. 나는 하루에도 몇 번씩 다짐한다. 지금 이 순간을 잊으면 안된다. 이 모습, 이 느낌, 이 손길, 방금 본 것, 읽은 것, 지금 이 순간이 아니면 다시는 볼 수 없는 것들이다.

서양 격언에 '카르페 디엠carpe diem' 이라는 말이 있다. 하루하루에 충실하자는 뜻의 라틴어로 우리말로는 "현재를 잡아라."라는 의미이다. 지금 사는 이 순간이 무엇보다도 확실하며 중요한 시간임을 일깨워준다는 뜻이다. 인간 삶과 역사는 끊임없이 순환한다. 역사와 권력은 돌고 도는 것이어서 이 세상에 '영원'이란 없다. 매 순간 눈앞의 시간을 잡는 것, 그것에서 인생의 의미는 달라진다.

어느 철학자의 말대로 인간 존재의 근원적 물음은 시간에 대한 의문에서 출발한다. 현존재의 본질적 의미는 바로 시간에 대한 이해에 있다는 것이다. 시간 중에서도 지금 현재의 의미는 존재에게 무엇보다 중요하다. 모든 현존재는 현재에서 과거를 망각하고 미래의 사건을 예측한다. 그리하여 일상적인 의미에서는 지금 이 순간의 시간이 가장 중요한 의미를 지닌다.

나에게 과거나 미래의 시간보다 더욱 중요한 시간은 현재이 순간이다. 지금 눈앞에서 지나가는 이 순간은 정말 아섭고 소중한 시간이다. 한번 지나간 시간은 다시는 돌아오지 않는다. 인생에서 지나간 모든 것은 아쉬움과 회한으로 남는다. 삶이란 매 순간 낯선 곳으로 떠나는 여행과 같은 것이다.

사람들은 낯선 땅으로의 시간 여행을 꿈꾼다. 여행이야말로 삶이 한 박자 쉬어갈 수 있게 하는 시간이다. 여행길에서는 낯선 어딘가에 나를 완벽하게 은폐시킨다. 그리하여 일상에서 유배된 낯선 시간과 공간 속에서 미처 몰랐던 나의 모습을 반추하게 된다. 어디선가 시간이 정지되고 쉼표가 새겨지는 삶의 자리를 찾기 위해서 나는 여행을 떠난다.

언젠가 인도 여행을 할 때, 육신의 해탈과 영혼의 초월이 이루어진다는 바라나시의 갠지스 강가를 오랫동안 배회한 적이 있다. 인도의 시간과 풍경에는 아름다움과 기쁨보다는 추함과 슬픔이 가득했다. 그 시간과 풍경 속으로 빠져들수록 이상스럽게도 '삶의 의미가 무엇인가', '나는 어떠한 존재인가'라는 의문이 미궁 속에서 새벽안개같이 피어났다. 간밤에 릭샤의 벨이 울려 퍼지는 어둠의 도시를 배회하는 꿈을 꾸면서 밤새 잠을 이룰 수 없었다. 인도의 거리 곳곳에서는 릭샤와 소 떼들과 인파가 뒤섞여 아비규환을 이루고 있었고, 그 속을 이리저리 방황하면서 나는 절규하고 있었다.

바라나시에서는 삶과 죽음이 공존한다. 수많은 순례자는 성스러운 갠지스강에서 목욕재계하고 전생과 이생에 쌓은 업이 씻겨 내려가길 기원한다. 갠지스강 변에서 온몸을 주홍색으로 감싼 시신屍身들이 대나무 들것에 실린 채 옮겨지는 풍경에서는 그야말로 삶이 곧 죽음이고 죽음이 곧 삶이었다. 살아서 죽은 자의 시신을 옮기는 자와 죽어서 침묵하는 자의 현세와 내세는 갠지스강 변의 가트 속에서 공존하고 있었다. 해탈의 강에서 흘러가던 시간, 지나간 시간은 아무리 후회해본들 돌아오지 않는다는 사실은 불변의 진리다. 흘러간 시간은 이미 나의 것이 아니기 때문이다. 그래서 헛되게 보낸 시간은 인생의 한 부분을 헛되게 보내는 것과 같다. 낮이 되어도 자신의 몸을 지우지 못하는 낮달이 먼 하늘에 걸려 있다. 낮달을 바라보며 흘러가는 시간이 자꾸 울먹인다.

어제도 아니고 내일도 아닌 지금 이 순간이 바로 새로운 시작의 시각이다. 우리에게 '다음에'란 없다. 하루하루가 나의 마지막 날이라고 한다면, 어찌 단 하루인들 헛되이 보낼 것인가. 보고 싶은 사람이 있다면 지금 연락해서 만나고, 하고 싶은 일이 있다면 지금 해야 할 것이지만, 또 '다음에' '다음에'라고 말한다. '다음에'란 언제가 될지 모를 기약 없는 시간이다. 중요한 것은 바로 '지금 이 순간'이다. 불경에 나오는 구절 중에 '즉시현금 경무시절即是現今 更無時節'이란 말을 나는 참 좋아한다. "바로 지금이다. 그때가 따로 있는 것이 아니다."는 뜻이다.

지금 내 앞에 우두커니 서 있는 한 조각 시간의 자리, 이것을 어떻게 보낼 것인가를 생각하는 사이, 다시는 내 것이 될 수 없는 시간이 또 썰물처럼 밀려 나간다.

4장

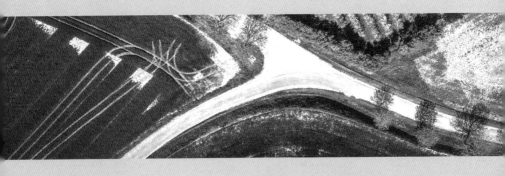

모색暮色에 물들다

　　하루 중에서 내가 가장 좋아하는 시간은 해
질 무렵이다. 세상 만물이 깨어나고 움직이는 아침의 시간도
좋지만, 하루의 일과를 마치고 안온과 휴식을 준비하는 일몰
의 시간은 더욱 좋다.

　이 시간은 모든 사물이 붉게 물들고, 언덕 저 너머에서 슬
금슬금 다가오는 그림자가 내가 기르던 개인지, 나를 해치러
오는 늑대인지 분간할 수 없는 때이다. 낮도 밤도 아닌 모호
한 시간의 경계, 날이 어둑어둑해지면서 사물의 윤곽이 희미
해지기 시작한다. 어디론가 떠나려다 잠시 멈추어 선 노을을
바라보며 낮과 밤이 교차하는 시간의 길목에 서 있다.

　낮을 밝히던 해가 자취를 감추면서 노을 잔치가 펼쳐지기

시작한다. 노을은 시시각각 다채로운 빛을 발하며 낮의 끝자락을 붙잡고 고요와 적막으로 잠겨 든다. 황혼은 하루를 마무리하는 애잔하면서도 찬란한 시간이다. 황혼이 깔리는 하늘과 땅에는 형형색색의 아름다운 물감이 쏟아지고, 붉게 물든 천지는 큰 불길에 휩싸인다. 노을은 자신이 미처 살지 못했던 시간에 대한 아쉬움으로 피를 토하듯 순교殉教한다.

노을은 고요하고 아름다운 상처로 남는다. 저 아름다운 상처를 어디서 얻어온 것일까. 낮 동안의 수많은 약속과 사람은 모두 어디로 갔나. 사람들은 썰물처럼 어디론가 떠나가고 나는 홀로 서 있다. 어디로 가야 할지, 내일을 위해 또 무엇을 준비해야 할지, 쉴 새 없이 달려왔으나 뒤돌아보니 걸어온 자리마다 폐허인 듯하다. 그렇지만 저 노을을 바라보는 순간만은 세상을 그렇게 미워하지도 말고 인생을 그렇게 서러워하지도 말자.

새벽부터 홀로 먼 길을 걸어오며 지친 사람은 붉은 노을 앞에서 시린 이마를 드러낸다. 침묵보다 진한 노을은 저물어 간다. 어둠을 머금은 침묵 사이로 하루가 가고 또 누군가의 생애도 시들어 간다. 어디선가 앞만 보며 열심히 살아온 한 사람의 생애가 마감되는가 보다. 하늘에는 붉은 상여 꽃으로 가득하다. 주황빛, 보랏빛, 장밋빛 꽃들이 날리고 있다. 상여

꾼들은 노을이 뿌려 놓은 꽃송이를 밟고 지나간다. 상여꾼들의 호곡소리가 노을에 젖고 있다. 노을은 걸어가는 당신의 발자국을, 홀로 품고 있는 당신의 꿈을, 홀로 울고 가는 당신의 눈물을 물들인다.

볼품없이 살다 저물어 가는 한평생을 후회한다. 살아온 인생이 지상에서 이미 사라진 기억의 박제에 지나지 않듯이, 한 번 지나간 것은 돌아오지 않는다. 아, 이 세상에서 못다 이룬 일들에 대한 회한이여, 건지지 못한 두레박질이여. 이루지 못한 일과 사랑도 많았지만 언제나 하늘은 빨리 오라고 손짓한다. 노을과 함께 가야 한다고.

저녁노을이 창가를 물들이면 이제 곧 밤이 찾아올 것이다. 노을에 흠뻑 젖은 채 집으로 돌아와 전등불을 켤 때, 하루는 허탈과 무위로 남는다. 한낮의 뜨거움과 빛은 사라져버렸고, 어둠이 쓸쓸하게 다가온다. 이 순간, 내가 알고 있던 모든 것은 없어지고 흔적만 남는다. 걸어가던 길도, 귀기울여 듣던 누군가의 목소리도, 응시하던 눈길도 없다. 세상의 경배자들도 하루의 빛을 모두 거둔다. 산 너머로 사라져 가는 붉은 빛의 후예들이여, 이제 우리는 아무것도 묻지 말자. 우리는 이 세상에서 너무 진지하게 너무 열심히 살아왔다.

그렇지만 아무리 부지런히 악착같이 잘난 채 살아도 인간이 신이 될 수는 없더라. 제아무리 빼어났다 해도 사람은 사람의 목숨을 가질 수밖에 없고, 사람같이 생각하며 살 수밖에 없더라. 사람의 생명을 가지고 나무가 되거나 새가 되거나 빛나는 노을이 될 수는 없다. 아무리 순수해지고 아무리 결백하고자 해도 그럴 수 없는 것에 우리는 절망한다. 원하는 것을 마음대로 가질 수 없고, 생각하는 대로 다 될 수 없음은 신이 우리에게 준 저주가 아니라 축복이었다. 인간의 길이 신의 길이 될 수는 없었다. 인간은 인간일 뿐, 우리가 마음대로 선택해서 할 수 있는 일은 그리 많지 않았다.

그저 하루하루 아무 일 없이 온전하게 살아간다는 것은 축복이었다. 아침에 일어나 하루를 시작하는 것, 가족을 위해 헌신하는 것, 직장에 나가 일을 하는 것, 하루를 무사히 마치고 집으로 돌아올 수 있다는 것은 모두 기적이다. 그렇지만 나날의 기적은 피곤하고 권태로운 삶 속에서 금세 퇴색한다. 아침의 상쾌함은 오후의 지루함이 되고, 사람과 세상에 부대끼며 어둡고 힘든 시대를 살아가야 하는 일은 고통과 절망으로 다가온다.

저녁노을은 내 초라한 방의 책과 옷가지를 비추며 또 하루가 마감되었음을 알린다. 저녁 창가에 서서 온종일 쌓인 먼지를 털어내다 보면 부서진 꿈이 울먹이는 소리가 되어 들려온다. 지나온 날을 생각해보면, 삶은 얼마나 덧없고 쓸쓸한가. 붉은 저녁노을에 뺨 비비는 들판의 새소리를 들으며 나의 빈 집은 다시 적막에 휩싸인다.

저녁이 되면 많은 생각이 떠오른다. 그동안 잊고 있던 사람들이 생각나고, 외면하던 물건과 사물들이 떠오른다. 사람들은 매일 집으로 돌아와 새로울 것 없는 세상이라고 심드렁해하지만, 저녁은 삶과 세상을 새롭게 생각하게 만든다. 저녁은 아침만큼 '힘내어 다시 살아보자.'는 용기와 격려를 주는 시간이다. 즐겁고 힘들었던 낮의 시간을 바라보며 재회하는 시간이다.

마침내 해가 지고 어둠이 온다. 노을빛이 만들어 내던 색채와 풍경의 잔치는 어둠이 다시 거두어간다. 노을이 지나고 나면 다가오는 적막과 같이, 삶은 어느 순간인들 가벼울 때가 없었다. 삶은 언제나 버겁고 고달팠다. 그렇지만 그대여, 어둠은 아침이 오면 물러나고 인생은 또 계속되지 않던가. 누군가는 지구 한 모퉁이에서 여전히 잠들지 못한 채 노을 지난 어둠을 바라보고 있을 것이지만 어둠은 그리 오래 머물지 않는다. 아침이 오면 어둠은 사라진다.

노을의 중심에는 장엄한 비극을 닮은 무언가가 자리 잡고 있다. 노을은 낮의 태양이 남겨둔 기억의 그림자다. 시간은 지나가지만 추억은 여전히 그대로 남아있고, 미처 떠나지 못한 황혼은 못내 아쉬워 서성이고 있다. 황혼은 우리네 인생이 아쉬움과 그리움으로 가득하다는 것을 알려준다.

날이 저물어 어스레한 모색暮色을 바라보고 있으면, 인생은 노을을 기억하지 못해도 노을은 인생을 속속들이 기억할 것이라는 생각이 든다. 어둠이 주변을 점령해 오면서 내 기억도 더욱 어두워져 간다. 어둠은 반성도 없이 갈수록 짙어져 내 몫으로 드리워진 삶의 그림자가 얼마나 길고 아득한지 알려준다.

다시 세상은 어두워져 온다. 한동안 내 모든 것을 비추며 물들였던 노을은 어둠 속으로 사라져 간다.

갈림길

숲길을 걷다가 갈림길에서 길을 잃고 말았
다. 이 길인가, 저 길인가를 두고 오랫동안 망설이다가 잘못
된 길로 들어선 것이다. 선택한 길은 갈수록 수풀과 가시덤불
로 가득한 험한 길이다. 또 다른 고민이 생기기 시작한다. 이
길을 되돌아가야 할 것인가. 아니면 그냥 그대로 나아가야 할
것인가. 날씨는 자꾸 어두워지고 비구름이 밀려와 금세 비라
도 쏟아질 듯하다.

인생길에서도 수많은 갈림길을 만나고 그 사이에서 고민
하게 된다. 이 사람과 저 사람 중에서 누구를 선택할까, 이 물
건과 저 물건 중에서 어떤 것을 선택할까. 이 일과 저 일 중에
서 무엇을 선택할까. 선택의 갈림길에서 결단을 내리지 못하

고 고민한 적이 한두 번이 아니다. 누구나 생애에 한 번은 결정적 갈림길에서 선택의 기로에 놓이게 된다.

인생길은 선택의 연속이라 해도 지나치지 않다. 길을 몰라서 잘못된 길을 드는 경우도 있지만, 잘못된 길인 줄 알면서도 어쩔 수 없이 접어드는 경우도 있다. 어떤 길은 주저 없이 선택해 앞으로 나아가곤 하지만, 때론 갈림길 앞에서 한참을 주저하기도 하고, 때론 왔던 길을 되돌아와 다시 갈림길 앞에 서기도 한다. 어디로 이어질지 모르는 수많은 갈림길 앞에서 끊임없는 선택을 강요당하면서 비틀거리고 고민하는 자신을 바라보게 된다. 가던 길을 멈추고 방향을 바꾼다는 것은 항상 힘들었다. 지금 가는 이 길이 잘못된 길이면 어찌할까. 자칫 방향을 바꾸면 영원히 돌아갈 수 없는 길일 수도 있다. 이 방향인가, 저 방향인가, 갈림길에서 헤맨 적이 한두 번이 아니다.

세상의 모든 길은 여러 길로 나뉜다. 간 길과 가지 않은 길, 알려진 길과 알려지지 않은 길, 길 있는 길과 길 없는 길을 마주하게 된다. 삶이라는 이름 아래 주어지는 이 길들 중에서 하나의 길을 걸어가야만 한다. 미국의 시인 로버트 프로스트도 단풍 든 숲속에 나 있는 두 갈래 길을 만난다. 몸이 하나이니 두 길을 가지 못하는 것을 안타까워하며 한참을 서서 고민한다. 그러다가 마침내 낮은 수풀로 꺾여 내려가는 길을 선택하고 그의 인생은 달라졌다고 말한다.

"먼 훗날에 나는 어디에선가/ 한숨을 쉬며 이야기할 것입니다./ 숲속에 두 갈래 길이 있었다고/ 그리고 나는 사람이 적게 간 길을 택했노라고/ 그래서 모든 것이 달라졌다고"(로버트 프로스트의 「가지 않은 길」). 서리 내린 낙엽 위에는 아무 발자국이 없고 두 갈래 길이 놓여 있다. 인생 길은 한 번 가면 되돌릴 수 없으니 어느 한 길을 선택하지 않을 수 없다. 시인은 인생의 갈림길에서 남들이 가지 않는 곳으로 가자고 결심을 해본다. 그러나 새로운 길을 간다는 것은 항상 두렵고 어려운 일이다. 무슨 일이든 중요한 결단을 내릴 때, 시간과 여건과 상황이 우리에게 우호적인 경우는 드물다. 시간에 쫓기거나 여건이 불리하거나 상황이 더 급박하게 돌아가는 경우가 많다. 게다가 결단을 내리면, 자신이 가진 모든 자원과 에너지가 그 목표에 집중되므로 한번 내린 결단을 중도에 뒤집는 것은 더 어렵다. 그렇지만 결단의 시간은 시시각각 다가오고 결단을 내리지 않으면 열차는 떠나버리고 만다. 한번 떠난 열차는 좀처럼 다시 오지 않는다.

언젠가 시베리아 횡단열차를 타고 블라디보스토크에서 모스크바까지 기나긴 여행을 한 적이 있다. 한 달 넘게 이어진 긴 이국땅의 여행에서 수많은 갈림길을 마주하면서 선택과 결단에 직면해야 했다. 그동안의 거듭된 역마살 덕분으로 이제는 웬만한 여행에는 큰 흥분을 느끼지 않는 터이지만, 러시아와 시베리아 여행은 달랐다. 이 여행은 바로 이제 우리들의 눈앞에서 사라진 '유령'의 그림자를 찾아 나서는 길이었기 때문이다. 자본주의와 이제는 붕괴한 공산주의의 이데올로기 사이, 러시아의 어두운 뒷골목과 밝은 대로大路 사이에서, 인간과 세상이 나아가는 길이 어디이며 나는 어디로 따라가야 할 것인가를 두고 고민했다.

모스크바에서 '붉은 열차'라는 야간열차를 타고 상트페테르부르크를 향해 달려갔다. 비 내리는 새벽에 상트페테르부르크에 도착하자마자, 아침을 먹는 둥 마는 둥 하고 에르미타주 미술관으로 갔다. 그곳에는 가히 세계 최고의 미술관이라는 명칭에 걸맞게 유명한 그림과 조각이 전시되어 있었다. 먼 이국땅에서 달려온 이방인의 눈길을 끄는 작품은 한둘이 아니었지만, 18세기 이탈리아 화가 폼페오 바토니의 「갈림길의 헤라클레스」라는 그림 앞에서 오랫동안 머물러 있었다. 고대 그리스의 역사가 크세노폰이 쓴 『소크라테스의 회상』에 나오는 이야기에서 '헤라클레스의 선택'을 주제로 하여 그려진 작품이다.

건장한 체격의 젊은 남자가 골똘히 생각에 잠겨 있다. 좌우로는 두 명의 여인이 그를 둘러싸고 있다. 지성의 여신 아테나와 미의 여신 아프로디테이다. 헤라클레스가 이렇듯 심각한 고민에 빠진 것은 두 여신이 그의 미래가 걸린 중대한 선택을 요구하고 있기 때문이다. 정신이냐 육체냐, 빛이냐 어둠이냐, 선이냐 악이냐, 헤라클레스는 이제 결단해야 한다. 이 결단으로 그의 인생 전체가 바뀔 것이다. 그런 만큼 그는 신중히 결정할 수밖에 없다. 사도邪道가 아니라 정도正道를 선택하는 것은 지극히 당연한 일이다. 그렇지만 정도를 가는 것은 언제나 고통과 시간의 투자를 동반하는 경우가 많다. 사도는 요행과 운수에 의해 일확천금의 유혹을 동반하는 경우가 많다. 그렇다고 정도를 선택한다고 반드시 잘되리라는 보장도 없다. 갈림길은 늘 우리를 어렵고 힘들게 한다.

신은 헤라클레스에게 "수고와 고통 없이 가치 있는 것은 그냥 얻어질 수 없다."는 말을 되풀이한다. 시민들로부터 명예를 얻을 수 있고, 찬사를 받을 수도 있으며, 풍성한 결실을 얻을 수도 있다고 말한다. 그러기 위해서 그는 시민과 나라를 위해 힘쓰고 풍작을 얻기 위해 부지런히 노동해야 한다. 결국 진정한 행복은 눈앞의 작은 쾌락을 좇을 때 얻어지는 게 아니라, 근면과 노력으로 얻어지는 것이니 그 길을 향해 나서라고 설득한다. 그렇지만 헤라클레스는 갈림길에서 계속 망설인다.

갈림길에서 한번 선택한 것은 그 자체로 끝나는 것이 아니라 평생 지속적으로 이어진다. 그리하여 오랜 망설임 끝에 한 어려운 선택은 만족할 수도 있지만 평생을 두고 후회하게 된다. 따라서 선택을 한다는 것은 행위를 시작하는 것임과 동시에 그 결과와 미래에 대해서까지 책임지는 것을 의미한다. 그런 점에서 선택하고 결단한다는 것은 미지의 세계에 뛰어드는 모험을 감행하는 것이다.

인생에서 어떤 선택을 하고 결단을 내린다는 것은 그만큼 중요한 것이다. 그러나 잘못된 결단보다 더욱 나쁜 것은 아예 결단하지 않는 것이다. 치열한 고민 끝에 결단하고 끝까지 밀고 나가는 사람은 위대하다. 결단은 반드시 희생을 동반한다. 결단은 무엇인가를 선택하고 거기에 집중하는 것이며 그에 어울리는 성취도 있을 것이다.

또 한 해가 저물어 간다. 무언가 새로운 다짐을 하고 결심해야 할 시점에 닿아 있지만, 과연 무엇에 대해 어떤 선택을 하고 결단해야 할 것인지 갈림길에서 또 망설이고 있다.

옷깃

"옷깃만 스쳐도 인연이다."라는 말이 있다. 그리 사교적인 성격이 아닌 나는 사람들을 두루 깊이 사귀지 못한다. 반면 한번 만난 사람들과의 인연을 항상 소중하게 여긴다. 한때 그렇게 가깝고 친하게 지내던 사람이 이런 저런 이유로 헤어져 만나지 못하는 경우가 적지 않다. 그 사람과의 인연을 더 깊고 소중하게 여기지 못했던 탓으로 그들과 사이가 벌어진 것이 아닌가 하는 생각을 해본다.

어릴 때 할머니의 무릎에 앉아 천진난만하게 물었다. "할머니, 인연이 뭐예요?" 어린 손자의 맹랑한 질문에 할머니는 인연이란 명주실 꾸러미와 같은 것이라고 답해 주었다. 그때는 할머니의 이야기를 이해할 수 없었지만, 나이가 들어서야 할머니가 인연을 명주실로 표현한 이유를 조금씩 이해하게 되었다. 할머니의 장례식 날, 손자손녀들이 할머니 영전에서 울고 있을 때, 아버지는 냉엄하게 꾸짖었다. "헤프게 울지 마라. 인연 끈 끊어진다."

관계의 단절로 인해 혹은 죽음에 의한 결별로 사람은 떠나고 이별하게 된다. 언제나 인연은 바람처럼 다가왔다 사라지는 것이지만, 인간을 이어주는 소중한 이 끈을 쉽게 놓치지 않고 살았더라면, 내 곁에 머물렀던 사람들과 상처를 주고받으며 헤어지는 일은 없었을 것이다. 즐거움과 기쁨을 주는 인연도 많지만, 슬픔과 아쉬움으로 남는 인연도 많다.

어린 시절, 이웃집에는 노란 스카프를 하고 단발머리를 살랑대며 다니던 소녀가 살고 있었다. 가늘고 긴 다리를 가진 소녀는 짧은 치마를 입고 골목길에서 친구들과 고무줄놀이를 하곤 했다. 소년의 눈에는 찬란한 봄날의 햇살 아래에서 고무줄 위로 폴짝거리며 뛰노는 단발머리 소녀가 책에서만 보던 천사 같았다. 소년은 밤새 잠 못 이루며 그녀에게 보낼 편지를 쓰며 그리워했다. 그러던 소녀는 어느 날 갑자기 사라지고 말았다. 어딘가로 이사를 갔다는 것이다. 소년은 어두워지는 골목길에 서서 그녀가 나타나기를 기다렸다.

아무리 기다려도 끝내 소녀는 돌아오지 않았다. 사랑이 무엇인지 그리움이 무엇인지 알 리 없었지만, 어둠이 내리는 소녀의 집 앞을 자꾸 배회했다. 숲속에서는 새들이 졸린 듯 나무속으로 숨어들고, 멀리 산그림자가 아스라이 걸려 있던 굴뚝에서는 하얀 연기가 피어나고 있었다. 밤이 깊어가는 하늘 저 멀리에서는 초저녁 별들이 알 수 없는 그리움과 슬픔처럼 하나둘 나타나기 시작했다. 할머니로부터 들은 인연이 무엇인지 비로소 조금씩 알게 되었다.

오랜 세월이 지난 지금도 때로는 그 소녀의 소식이 궁금하다. 예쁘고 아름답던 모습은 사라지고 이제는 어디선가 주름진 얼굴의 수심 많은 초로의 여인으로 살아가고 있을까. 혹시 그 소녀도 나를 잊지 않고 기억하고 있을까. 이런 애틋한 인연의 기쁨과 슬픔을 그린 작가와 시인이 어디 한둘이던가. "그리워하는데도 한 번 만나고는 못 만나게 되기도 하고, 일생을 못 잊으면서도 아니 만나고 살기도 한다."라고 피천득은 「인연」에서 이야기한다. 누군가를 만나기로 한 결정이나 안 만나기로 한 결정이 삶의 운명을 바꿀 만한 일이 되고 평생의 후회로 남기도 한다. 서정주 시인의 말대로 아무리 한때 스쳐가는 인연이라도 "연꽃 만나고 가는 바람같이" 소중한 것이 아닐까.

인연은 운명처럼 다가온다. 우리에게 다가와 맺어진 인연은 인생의 많은 부분을 결정짓는다. 정말 인연은 사람과 사람이 맺는 것이지만, 그 결정은 하늘이 하는 것인지. 너무나 힘겹게 이룬 소중한 인연, 당장에라도 버리고 싶은 인연이지만 그렇게 하지 못하는 지긋지긋하고 명주실같이 끈질긴 인연, 한번 맺은 인연을 이러지도 저러지도 못한 채 살아간다. 사람들은 저승에서는 다시는 너를 만나지 않을 것이라고 하거나, 이 세상에서 이루지 못한 인연을 저세상에서 이루자고 한다. 인연을 신앙처럼 업보처럼 부둥켜안고 살아간다. 끊고 돌아서면 그만인 것을. 우리는 그리하지 못했다.

삶이 그런 것과 마찬가지로 사람이 사람을 만나는 것도 운명적이다. 아무리 소중한 사랑과 우정이라는 것도 짧게 끝날 수도 있고 길게 이어질 수도 있다. 아무리 사랑과 우정이라는 끈이 우리를 견고하게 이어준다고 해도 그것이 영원할 수는 없다. 사랑하는 연인과 친구, 내 몸같이 아끼던 가족 간의 인연도 언젠가 이별해야 하고 끝나게 된다. 만남이 인연의 시작이라면, 이별이란 그 끝을 뜻하는 것이다. 이별이란 갈대밭 끝으로 사라지는 바람 소리 같은 것이어서 그것은 언제 돌아올지 기약할 수 없는 허망한 인연의 끝이다.

고달픈 일상을 마치고 저녁이 다가와 하루를 마감하면서 사람들은 내일 무사히 일어나서 이 세상과 가족과 연인을 다시 만날 수 있을 것인가를 걱정한다. 애써 외면하지만, 이별은 언제나 일상 속에 깊숙이 자리하고 있다. 우리가 수십 년을 살아도 아득히 닿을 수 없는 길은 어쩌면 매일 이별해야만 깨달을 수 있는 인연의 소중함을 말하고 있는지도 모른다. 이별은 파국이나 종결이 아니라 사랑의 또 다른 이면이다. 오늘도 나는 이별에 내재하고 있는 깊은 인연의 여백을 생각해 본다.

이별하는 사람은 이제 모든 것과 결별하는 것으로 생각하지만, 단절된 인연은 현세가 아니면 내세에서라도 다시 이어지게 되는 것은 아닐까. 못다 한 인연으로 헤어진 사람은 달빛 가득한 밤이든, 별이 빛나는 밤이든, 비 내리는 가로등 아래 어디에선가 다시 만나게 될 것이다.

인연은 보편적인 인식과 사고를 초월하고 있다. 이 세상에 태어나서 삶을 마치는 마지막 순간까지 사람은 인연의 끈에 연결되어 살아간다. 불교에서는 이것을 연기緣起라고 가르친다. "길가의 돌도 연분이 있어야 찬다."는 말이 있다. 아무리 하찮은 일이라도 인연이 있어야 이루어질 수 있음을 일컫는 말이다. "천생연분에 보리개떡"이라는 속담도 있다. 사람은 다 제 짝이 있어 보리개떡을 먹을지언정 의좋게 산다는 말이다. 보리개떡을 먹더라도 하늘이 베푼 인연으로 좋은 배필

이 되어 일생 동안 의좋게 살아가는 부부의 모습은 아름답기 짝이 없다.

나에게 여행길은 새로운 인연을 만나기 위한 여정이었다. 세상의 풍경과 낯선 사람들을 만나기 위해 설레는 가슴을 다독이며 오늘도 여행길에 나선다. 여행길에서 만나는 풍경을 더욱 완전히 내 것으로 만들기 위해서, 이 세상의 모든 사물과 존재에 좀더 가까이 다가서고자 한다. 사람들이 만들어 놓은 복잡하고 질긴 길은 이어지고, 모든 강은 바다로 빠져들고, 멀리 떠올라 있던 하늘은 내려와 땅과 만난다. 세상의 풍경을 만나면서 줄곧 그들과의 인연에 대해 생각한다. 낯선 세상에 와서 누군가를 만났다가 때가 되면 가버리는 인연, 그런 인연을 나는 이 세상의 풍경에서 읽는다. 저 길과 무슨 인연으로 만나고 있는 것일까. 저 낯선 사람들과는 어이해서 이렇게 만나 담소를 나누고 있는 것일까. 망망한 수평선에서 나타났다가 한 점으로 사라지는 일엽편주와 같은 여행길에서의 만남과 이별, 그들은 아름답게 반짝이는 모자이크가 되어 인연을 만들어 준다. 나에게 불어오는 세상의 숨결, 숭고하고 영원한 행성 속에서 깊고 강렬한 인연을 느낀다.

사소한 오해와 갈등으로 등 돌리지 않고 항상 만나고 싶은 인연, 서로를 소중하게 생각하고 서로의 영혼을 소중하게 여기면서 생명같이 여길 수 있는 인연을 만들 수 있다면 얼마나 좋을까. 겁劫이란 어떤 시간의 단위로도 계산할 수 없는 무한히 긴 것이어서 하늘과 땅이 한 번 개벽한 때에서부터 다시 개벽할 때까지의 기나긴 시간이다. 오백 겁의 인연이 쌓여야 옷깃을 스치고, 이천 겁의 인연이 쌓여야 동행을 할 수 있으며, 억겁의 인연이 쌓여야 함께 살 수 있다고 한다.

내 옷깃을 스쳐 지나간 사람들은 지금 어디서 어떤 모습으로 살아가고 있을까. 명주실과 같은 인연의 소중함을 일깨워주시던 할머니, 가족들 앞에서 언제나 당당하고 떳떳하게서 계시던 부모님, 세상의 고민을 다 짊어진 듯 인생과 역사를 이야기하던 친구, 노란 스카프를 매고 미소 짓던 단발머리 소녀, 그들은 지금 내 옷깃을 놓아버리고 모두 어디로 가버린 것일까.

가을 편지

　　가을이 깊어간다. 유행가에 나오는 가사대로 가을이면 누구라도 시인이 되어 한 줄의 시를 쓰고, 어딘가로 한 통의 편지를 보내고 싶은 마음이 생긴다.

　　오늘날 사람들은 모두 이메일이나 휴대폰으로 문자를 보낸다. 이제는 거의 사라진 풍경이 되었지만, 얼마 전까지만 해도 누군가에게 쪽지를 건네거나 편지를 주고받곤 했다. 정성 들여 쓴 쪽지와 편지를 보내거나 그에 대한 답장을 해주는 일이 서로의 사랑과 우정을 확인하는 일이었다. 그 과정에서 마음을 오랫동안 아프게 하는 편지들은 하나같이 너무 늦게 혹은 잘못 전해진 편지들이었다. 차마 부치지 못한 편지, 생의 마지막까지 수신인에게 전달되지 못한 편지, 불의의 사고

로 잘못 전달된 편지는 슬픈 사랑 이야기의 흔한 소재였다

전설과 같은 멜로 영화 「러브 레터」에는 두 여자와 한 남자 그리고 편지에 대한 슬픈 이야기가 담겨 있다. 첫사랑을 잊지 못했던 여인 와타나베 히로코는 "가슴이 아파 이 편지는 차마 보내지 못하겠어요."라고 말한다.

생각해보면 꼭꼭 눌러쓴 손편지만큼 낭만적인 통신 수단 도 없는 것 같다. 편지에는 보내는 사람의 정성과 애정이 깃 들어 있어서 같은 내용이라도 편지가 주는 감동이 훨씬 진하 기 때문이다. 휴대폰 문자와 이메일에 익숙한 우리는 편지에 담긴 기다림과 그리움의 미학을 잃어버렸다. 그 옛날에는 밤 새워 친구와 연인에게 편지를 써서 우체통에 집어넣고 답장 이 오기를 손꼽아 기다렸다. 편지는 잘 도착했을까. 답장은 언제쯤 올까. 우체부 아저씨가 집 근처를 지나가면 혹시 우리 집 우편함에 들르지 않을까 해서 후다닥 달려나가곤 했다.

흘러간 명화 중에 「일 포스티노」라는 유명한 영화가 있었 다. 일 포스티노는 이탈리아어로 '우체부'라는 뜻을 가졌는데, 그래서인지 영화 속 주인공 직업은 우체부이다. 이탈리아의 작은 섬 칼라 디소토에 오게 된 칠레의 시인 파블로 네루다와 그에게 매일 편지를 전해주는 우체부 마리오의 특별한 우정 에 관한 이야기를 그린 영화이다. 영화 속 테마 음악과 아름

다운 섬의 풍경이 그려지는 가운데, 마리오는 네루다로부터 애인을 사로잡기 위해 시를 쓰는 방법을 배운다. 영화는 우정과 사랑의 마음을 편지를 매개로 잘 전해준다.

작은 섬마을에 자전거를 타고 등장하는 우체부 마리오를 보니 내가 어릴 때 시골 할머니댁에서 만났던 우체부 아저씨의 모습이 어렴풋이 떠오른다. 작은 시골 마을의 우체부 아저씨는 한글을 모르는 시골 어르신들에게 배달된 우편물을 읽어주기도 하고, 동네의 대소사를 함께 거들던 마음씨 좋은 이웃 아저씨 같은 존재였다. 낙엽이 우수수 쏟아지는 어느 가을날, 우정과 사랑의 메타포가 담긴 편지가 첫사랑의 연애편지 같이 우리에게 전달되는 장면은 얼마나 낭만적인가.

유명한 예술가들이 쓴 편지를 보면 언제나 삶과 예술에 대한 뜨거운 열정과 애절한 감성이 넘쳐난다. 다산 정약용이 '폐족의 처지'가 되어 유배지에서 보내면서 그의 자식들에게 보낸 편지는 가슴을 저미게 한다. 다산은 19년이라는 긴 세월 동안 유배생활을 하면서 아들에게 계속 편지를 보냈다고 한다. 유배되어 가족과 헤어져 살면서 자식들을 올바르게 가르치지 못하는 것을 항상 한탄했고, 이를 대신한 것은 유배지에서 보낸 편지였다. "양식 넉넉한 집엔 자식이 귀하고 자식 많은 집에서는 굶주림을 걱정하네. (…) 달이 차도 구름이 가리기 일쑤고 꽃이 활짝 피면 바람이 떨구네. 세상만사 일이란 이렇지 않은 게 없어." 아마도 다산이 자식에게 편지를 썼던 시간이 홀로 외로운 시간을 견디는 방편일 수 있었겠다는 생각이 든다.

사람의 가슴속에는 맑고 푸른 가을 햇살과 같은 감정이 존재한다. 특히 예술가는 예술과 사랑과 인생에 대하여 불꽃처럼 타오르는 감정을 지닌 사람들이다. 그래서인지 유명한 예술가의 연애편지를 보면 불타는 열정과 뜨거운 감성이 넘친다. 독설로 유명한 버나드 쇼는 베토벤의 연애편지를 보면서 자신도 수많은 연애편지를 보냈지만 이처럼 얼빠진 내용은 쓰지 않아서 다행이라고 말한다. 나의 사랑, 나의 우정, 나의 모든 것을 위한 내밀한 고백이란 본인을 가장 행복하게 만드는 동시에 가장 불행하게 만드는 말에 불과한 것이라고 쇼는 이야기한다. 해서 '이 세상에 당신밖에 없다.', '당신은 나의 태양이다.'는 낯간지러운 내용의 편지들은 거의 위선이거나 헛소리에 불과하다는 것이다.

평생 동안 이런 글을 쓰지도 못하고 받지도 못했지만, 그런 글을 보는 것만 해도 가슴이 설레기보단 이상한 거부감이 앞섰다. 이런 운명론적인 말이 하나도 달콤하지 않았기 때문이다. 그런 뻔한 감정이 담긴 말을 감당할 자신이 없었고 도

무지 그런 감성을 만들 재간이 없었다. 무슨 억하심정인지 그런 감성이라는 게 존재하는지 그것이 사실인지 가슴을 열어 꼭 확인해보고 싶은 생각이 들기까지 했다. 그들은 언제 그랬냐는 듯 다른 사람에게도 같은 말을 반복할 것이 아닌가 하는 의심이 들었다.

라캉은 "시인은 언어로 시를 쓰는 것이 아니라 존재로 시를 쓴다."라고 한 적 있다. 이 말은 우리들의 언어와 감정의 관계가 어떠한 것인가를 잘 표현해 주는 말이다. 우리는 언어로 나를 표현하는 것이 아니라 사고와 감정으로 자신을 표현한다. 감정을 말과 글로 표현한다는 것은 우리의 메마르고 삭막한 마음을 치유하는 일임은 분명하다. 기왕이면 나쁜 말보다는 좋은 말을 사용해주는 것이 듣는 사람의 마음에 위안을 줄 수 있다. 만물을 거두어들이는 가을은 세상과 삶에 대한 그리움과 사랑을 살려내게 하는 힘과 용기를 준다. 멀리서 불어오는 가을바람은 형언할 수 없는 느낌의 빛을 우리 가슴에 던져 준다. 그 바람에 실어 누군가에게 보내는 따뜻한 한 통의 편지는 메마른 마음을 달래주는 큰 위안일 수 있다. 이 가을에 '눈물로 쓴 편지'는 치유와 용서와 위로의 편지가 될 것이다.

가을 편지는 우리의 아픈 마음을 치유하고 누군가를 용서하게 해준다. 치유하는 것은 내가 하는 것이지만, 동시에 타인을 위한 것이기도 하다. 아름답고 평화로운 마음을 가지게 되면 우리의 몸과 마음은 함께 아름답고 평화롭게 치유될 것이다. 누군가를 용서한다는 것은 남을 위해서라기보다는 나 자신을 위한 일이다. 또한 용서한다는 것은 지나간 나쁜 일에 대해 놓아버리고 새로운 일을 맞이하는 것이다.

이 찬란한 가을, 누군가에게 그동안 전하지 못했던 마음을 담은 편지를 보내보면 어떨까. 당신은 나의 태양이라는 말까지는 아닐지라도, 그대가 있어 참 행복하다고, 이 가을에 나와 함께 있어 주어 고맙다고…. 그 편지는 다시 당신에게 아름답고 평화로운 마음을 선사하게 될 것이다.

골목길

골목길에 들어서면 사라지는 것들에 대한 그리움이 어린 시절에 바라보던 하늘의 뭉게구름처럼 피어오른다. 꽤 오래전에 "골목길 접어들 때면~ 내 가슴은 뛰고 있었지~."라고 시작하던 대중가요 「골목길」과 같은 가사가 지금도 나올 수 있을까. 아마 지금은 누군가를 만나기 위해서 '골목길'이 아니라 아파트 단지로 들어서야 할 듯하다.

골목길, 그 단어에서 전해오는 느낌은 친근하면서 동시에 쓸쓸하다. 원래 골목은 꼬불꼬불하고 모든 것이 한곳으로 모이는 깔때기와 같은 곳이다. 그곳에서는 사람들이 만나고 인생의 모든 것이 압축되는 곳이었다. 가난과 슬픔이 모여 있고, 희망과 기쁨이 피어나는 곳이었다. 인생의 골목길, 골목의 인생길, 어린 시절 철없이 골목길을 뛰어다닐 때는 이런 의미를 몰랐다. 골목길에 얽힌 사연을 한두 가지 간직하지 않은 사람은 없을 것이다. 그동안 골목길은 우리네 삶의 애환과 기쁨을 간직하고 있었기 때문이다.

　어릴 때 집에서 나와 큰길에 닿기 위해서는 골목길을 따라 한참 동안 내달려야 했다. 벽에 그려진 어지러운 낙서들을 읽으면서 골목길을 몇 십 분 돌고 돌아서야 큰길에 당도할 수 있었다. 삶의 애환과 사연이 새끼줄처럼 얽힌 그 골목길, 골목길이 끝난 지점에 언제인가 지하철역이 생겼다. 지하철에서는 사람들이 쏟아져 나오고 그들은 하나같은 표정과 몸짓을 하면서 어디론가 흘러갔다. 역 앞에 서서 한참 동안 사람들 모습을 바라보면서 어린 시절을 베어간 옛날의 골목길을 생각했다.

　요즘도 나는 큰 대로변을 가다가도 굳이 낡고 비좁은 골목길을 찾아 걷곤 한다. 어린아이가 어머니의 자궁 속이 그리워 넓은 방을 두고 자꾸만 벽장이나 다락방에 숨어들기를 좋아하듯이, 현대화 이전의 역사와 정서가 담겨있는 오래된 뒷골목을 걷는 버릇이 있다. 외국에 나가 있을 때도 파리의 샹젤리제 거리나 뉴욕 맨해튼의 5번가처럼 화려한 길은 여전히 매력이 없고 낡고 후미진 골목길을 걸을 때 마음이 더 편하다. 가을의 우수에 젖은 채 걷는 프라하의 구시가 뒷골목과 르네상스의 발상지인 피렌체의 뒷골목을 걸을 때 나는 끝없는 환상에 빠져든다.

연금술사들의 애환을 담고 있는 프라하의 '황금소로'를 비롯한 프라하의 뒷골목을 걸을 때 왠지 한평생을 치열하게 살다가 막바지에 접어든 우울한 노년을 생각한다. 그래서 프라하의 거리를 우울한 '노년의 거리'라고 부르고 싶다. 한겨울의 프라하는 오후를 넘기기 바쁘게 이미 어둑어둑해지고 있었다. 유럽 어느 도시에나 있는 중앙역에 내린 후, 숙소로 들어가기 위해 뒷골목을 걸어갈 때 가로등에 비친 그림자는 낯선 짐승처럼 허덕허덕 내 뒤를 따라오고 있었다.

때이른 일몰은 여행자에게 그리 반가운 것이 아니다. 아는 사람 하나 없는 어둡고 낯선 거리를 걷다 보면 세상의 모든 고독이 밀물처럼 밀려온다. 프라하에 자본주의의 봄이 온 지도 수십 년이 흘렀지만, 아직도 그 시간을 거슬러 가는 골목길이 곳곳에 숨어 있다. 로마네스크와 르네상스, 바로크와 고딕 양식 건축물들이 병풍처럼 둘러서 있는 광장이 나타난다. 여기부터 프라하의 구시가지가 시작된다. 구시가지의 뒷골목 곳곳을 걸어다니며 프라하 맥주를 마시고 나는 아득한 시간 여행으로 빠져든다.

피렌체의 뒷골목에서는 아직도 수백 년의 역사와 예술의 흔적이 그대로 간직된 곳이 많다. 피렌체에서 사람들은 「냉정과 열정 사이」의 배경이 됐던 두오모 성당, 수많은 르네상스의 그림과 조각을 소장한 우피치 미술관, 아르노강에서 가장 오래됐다는 베키오다리로 모여든다. 이곳에는 늘 관광객으로 붐비고 입장을 기다리는 줄이 수백 미터씩 늘어선다. 그렇지만 나는 피렌체의 뒷골목에서 오랜 르네상스 도시의 맛과 멋을 바라본다. 겨우 한두 사람만 다닐 정도로 비좁은 골목은 흔히 만날 수 있다. 저곳이 정말 길일까. 나오는 사람이 있는 걸로 보아 분명 들어갈 수 있는 길임이 분명했다. 엄연히 도로명도 있다. 유모차를 끌고 골목을 빠져나온 아이 아빠는 눈이 마주치자 마치 묘기라도 했다는 듯 뿌듯한 표정으로 눈길을 보내온다.

오래된 중세풍의 건물 사이에 생긴 아주 좁은 골목길이기에 마주 오는 사람이 있으면 벽에 바짝 붙어야 했다. 그곳에서는 굳이 바삐 움직일 필요도 없고 재촉할 필요도 없다. 작동하는 에스컬레이터 위를 뛰어다닐 정도로 분주하게 움직이는 우리에게는 갑갑하고 편치 않은 길이다. 이런 길이 아직도 버림받지 않고 존재하고 있다니 놀랍다. 개발의 광풍에만 몰두하고 있는 우리의 눈으로 보기에는 신기하기 이를 데 없다.

매사에 역동적인 한국은 세련된 길을 뚝딱뚝딱 만들고 없애기를 잘한다. 개발이라는 이름으로 좁고 낡은 길들은 계속 사라지고 있다. 언제부터인가 도로명 주소니 법정 주소니 하면서 도시는 물론 시골의 곳곳에서 유서 깊고 의미 깊은 아름다운 길 이름이 모두 없어지고 말았다. 오로지 이름 짓고 간판 붙이는 행정적 편의를 위해서 길이 간직한 고유한 의미와 애정을 쉽게 버리고 만다. 번쩍번쩍 새롭게 빌딩을 쌓아 올리고 깔끔하게 정비된 도시 속에서 낡고 비좁은 고색창연한 골목을 마주하는 일은 이제 거의 사라지고 없다. 사람도 성형하고 도시도 성형하느라 어디를 가든 꼭 같은 사람과 길이 보일 뿐이다.

변화가 너무 획기적으로 일어나는 한국사회의 강박증의 하나는 아마도 '새로움'에 대한 동경 때문일지 모른다. 모든 것은 새로움을 위해서 바쳐진다. 새로운 것만을 훌륭한 것으로 여긴다. 새로운 집, 새로운 차, 새로운 옷, 이 새로움의 홍수 속에서 전혀 새로움을 충분히 공감할 수 없는 아이러니한 현상이 벌어진다. 오랜 것을 통해 새로움을 느끼는 구조와 감성을 사람들은 받아들이지 못한다. 과거의 것은 모두 후진적인 구닥다리 취급을 받는다.

갈수록 오늘날의 도시는 역사와 유서가 없는 곳으로 변모

하고 있다. 인간의 정서와 마음의 아름다움은 아무런 쓸모가 없다. 뚝딱뚝딱 새롭게 날마다 실용성과 편의성에 미쳐 순간의 화려함에만 젖는다. 짓고 허물기를 반복하며 삭막한 거리와 도로를 생산하는 도시는 마치 유행하는 상품을 끊임없이 만들어내는 소비사회의 전략과 다르지 않다. 도시의 공간에는 무수한 거리의 문화가 존재하고 있지만, 이들은 나와 세계를 구분 짓는 경계에 불과하다.

오늘도 나는 어디선가 오래된 골목길을 서성이면서 이 세상이 조금만 더 느리게 천천히 움직이면 좋겠다는 생각을 해본다.

다시 한 번

추분이 지나서인지 아침저녁으로 제법 시원한 바람이 불어온다. 밤늦은 시간이면 어디에선가 나타난 귀뚜라미를 비롯한 풀벌레들이 여기저기서 일대 교향곡을 펼친다. 어느새 우리들 곁에 새로운 계절이 다가오려는 준비가 한창이다.

한 해의 절반 이상을 훌쩍 보내고 또 다른 계절을 맞아야 한다고 생각하니 지나온 시간에 대한 아쉬움과 회한이 가득하다. 지난 시간을 되돌아보면, 정말 내가 제대로 살았는지 혹은 제대로 살아가고 있는지를 알 수 있다. 저마다 삶 속에서 만나는 시간을 대면하는 방식이 다르고 활용하는 방식도 다르다. 사람들은 지나간 시간에 관한 깊은 성찰 없이 그저 현재에 충실하며 나날을 살아간다. 그렇지만 많은 경우 지난 시간을 되돌아보면서 '다시 한 번' 나에게 그 순간이 돌아올 수 있게 되기를 소망한다.

인간은 현재의 시간 속에서 살면서도 과거와 미래를 동시에 꿈꾸며 살아가는 존재이다. 많은 세월이 지나고 청년과 중년을 훌쩍 넘긴 나이가 되어 주름진 얼굴을 바라보면 만감이 교차하게 된다. 누구에게나 되돌리고 싶은 순간이 있다. 아무리 충실하고 열심히 살았다고 해도 지난 시간에 대해서 후회와 아쉬움이 남는 것은 인지상정이다. 만약 나에게 '다시 한 번' 그 시간이 주어진다면, 후회 없는 멋진 삶을 살 수 있을 텐데 하고 생각해 본다. 하지만 한번 지난 시간은 결코 되돌릴 수 없고, 흘러가버린 강물에 다시 발을 담글 수는 없다. 신이 내린 축복의 시간을 자신의 것으로 만드는 것은 오롯이 인간의 몫이다.

모든 것은 바로 '지금 여기'의 시간 의식에서 출발한다. '지금 여기'의 시간이란 과거와 미래의 모든 시간이 합류하는 때이다. 과거의 시간은 소멸되어 정지된 것이 아니라 현재로 모아져서 현존이 된다. 지난 시간은 비록 죽은 시간이지만, 그것은 현재와 함께 존재하며 흘러가고 있다. 그러나 이 같은 현상적 시간의 의미가 현실에 그대로 적용될 수는 없다. 세속적이고 통속적인 의미에서는 우리에게서 떠난 시간은 죽은 시간이고 돌아올 수 없는 강을 지나가버린 시간이다.

눈앞에서 떠나버린 시간은 다시는 되돌아올 수 없는 것이기 때문에 무상한 시간의 흐름속에서 늙고 병들고 죽어야만 한다는 사실에 우리는 슬퍼하고 절망한다. 우리의 시간은 항상 현재적 일상에 바탕하고 있지만, 철학자 헤겔의 말대로 "시간은 있으면서 있지 않고 있지 않으면서 있는 것"이다. 그런 의미에서 시간은 변화의 측면과 인식의 측면을 동시에 포함하고 있다. 현실에 있어서 모든 사물의 변화는 당연한 일이고 망각도 흔히 있는 일이지만, 그러한 변화와 망각을 인식할 수 있는 척도도 바로 시간의 존재이다.

앞으로 내 삶에서 시간을 초월하면서 누릴 수 있는 자유란 얼마나 되는 것일까. 마르셀 푸르스트는 어느 겨울날 홍차에 담근 마들렌을 입에 댄 순간, 그 맛의 기억과 함께 어린 시절 콩브레에서 살아온 모든 추억을 떠올린다. 그때부터 '나'는 '시간'에 싸움을 걸어 시간의 흐름을 거슬러서 참을성 있게 넘실거리는 강물을 더듬어 간다. 잊은 줄로만 알았던 시간은 생생하게 되살아나 유년 시절이 현재의 나보다도 더 자유로웠다는 것을 새삼 확인하게 된다. 이것이 그가 『잃어버린 시간을 찾아서』를 쓰게 된 동기이다.

그 시절의 나는 어디로든지 새처럼 자유롭게 원하는 곳으로 팔랑팔랑 날아다녔다. 어제는 앞 동네 철수 집에서, 오늘은 뒷동네의 영희 집에서 놀다 왔다. 부모님은 돌아오지 않는 나를 가슴을 쓸어내리며 찾아 다닌 적이 한두 번이 아닐 것이다. 그런 '사건'은 하루가 멀다하고 일어났다. 미세먼지도 없고 나쁜 사람들에게 유혹될 걱정도 없던 시절이다. 친구들 집과 놀이터에서 놀다가 해가 기울고, 저녁을 차린 엄마들이 여기저기에서 아이를 부를 때까지 우리의 시간은 계속되었고 어디서든 우리 세상이었다. 놀이터에서 옷이 찢어지는 줄도 모르게 뛰어다녔고, 친구 집에서 시끄럽게 노래를 부르다 이웃 어른들의 눈총을 받고, 동네 마을 문고에서 책을 읽다가 마음에 드는 책을 훔쳐 나오기도 했다. 그러면서 우리는 조금씩 어른이 되어 갔다. 그때 나는 지금보다도 훨씬 자유롭게 살아있었다.

그렇지만 그것이 자유인 줄 몰랐다. 자라면서 조금씩 자유는 봉인되기 시작했다. 통금 시간이 외출을 가로막았고, 부모님은 내 생활의 모든 것을 알고자 했고, 가끔 일기장을 몰래 훔쳐보는 것 같았다. 사고 싶은 것을 마음대로 살 수 없었고, 부모님의 관심을 부당한 간섭이며 속박이라고 여겼다. 사춘기가 되면서 더 빨리 자라 어른이 되고 싶었고 더욱 자유로워지고 싶었다.

이제야 나는 절실히 깨닫는다. 그때가 인생에서 가장 자유로운 시간이었음을. 어른이 되어 갈수록 이 세상과 사람들은 나를 굴레에 가두었다. 불안정한 사회 속에서, 오염된 환경 속에서, 복잡한 인간 관계 속에서 어떻게 해도 이런 현실을 이겨낼 수 없다는 불안에 휩싸이곤 했다. 도저히 헤어나올 수 없는 단단한 올무에 갇혀 있다는 생각을 했다. 어린 시절, 엄청난 자유로움 속에서도 자유를 몰랐던 나는 이제야 마음대로 자유로워야 한다고 생각하지만, 그것은 쉬운 일이 아니었다. 어느새 노경老境에 이르러 젊은 시절보다 더 큰 자유를 누리지 못하는 존재가 되어버렸다. '다시 한 번'은 영원히 사라지고 말았다.

손꼽아 기다리던 내일의 시간에 대한 설렘은 모두 어디로 가버린 것인지 알 수 없다. 다시 한 번 그 시간이 올 수 있다면, 반짝이는 햇살을 받으며 새로 돋은 나뭇잎처럼 찬란하고 아름다운 노래를 부르고 싶다. 저 하늘에 무심히 떠 있는 구름 한 조각을 바라보면서 어딘가로 떠나고 싶은 마음, 그리고 어딘가에 있을 사람과 소중한 마음 한 조각을 함께 나눈다는 것은 얼마나 소중한 일인가.

멀리 떠나간 시간과 잊힌 사람들을 생각할 때, 나는 오히려 깊은 행복을 느낀다. 누군가 생각나고 그리워지는 사람이 있다는 것, 그러한 시간을 기억할 수 있다는 것은 정말 다행한 일이다. 이것이야말로 아직도 살아있다는 증거가 아닌가. 비록 다시 한번 그런 시간이 올 수는 없겠지만, 그 순간을 생생하게 기억할 수 있다는 것은 다행한 일이 아닐 수 없다.

추파秋波처럼 세상을 떠나는 시간 속에서 때로 그리워지는 사람이 있다는 것이야말로 얼마나 아름다운 일인가. 그리하여 모든 것이 떠나고 비워지는 이 인생의 잔을 조금이나마 채울 수 있다는 것은 가을 오후의 따사로운 햇살만큼이나 고마운 일이다. 무상한 시간의 흐름 속에서도 아직 '다시 한 번'의 마음을 가진다는 것은 우리에게 그리워하는 사람이 있고, 아침에 일어나 할 일이 있다는 것을 의미한다. 그렇기 때문에 아직도 살아서 꿈꿀 수 있는 이 순간을 나는 한없이 고마워한다.

빛과 어둠

　　삶에서 어둠은 무엇이고 빛은 무엇일까. 나의 하루는 빛으로 시작해서 어둠으로 끝난다. 낮동안 나는 빛 속을 다니다가 밤이 되면 다시 어둠 속으로 사라진다. 낮이 없으면 밤도 없다. 밤과 낮은 서로 대립하면서도 서로 의존한다. 하늘과 땅이 갈라져 공간이 생긴 후로 밤과 낮은 서로 교대하며 나타났다. 지상에서뿐만 아니라 천상에서도 입구에서부터 빛과 어둠은 연속적으로 나타나 서로 손짓하며 엇갈린다고 한다. 밤이 있을 때는 낮이 없고 낮이 있을 때는 밤이 없다. 낮은 빛을 품고 있고, 밤은 어둠을 품고 있다.

　　플라톤은 『이상 국가』에서 삶이란 어둠의 동굴 속에서 한 줄기 빛을 기다리는 것이라고 설파했지만, 이 말에 기댄다면 삶은 어둠 속에서 빛을 찾아 헤매는 과정이라 할 수 있다. 고대 그리스 시대 때부터 많은 철학자와 예술가들은 어둠 속에서 빛을 찾으며 삶의 진실을 밝히고자 했다. 비극작가 소포클레스의 '눈먼 오이디푸스'는 이런 정황을 잘 말해 준다.

소포클레스의 『오이디푸스 왕』은 오이디푸스 신화를 바탕으로 한 것이다. 오이디푸스 신화는 신으로부터 점지된 신탁으로 인해 자신도 모르게 아버지를 죽이고, 왕이 된 후에 왕비인 어머니와 결혼한다. 나중에 이 사실을 알게 된 후 오이디푸스는 스스로 두 눈을 찔러 어둠 속에 빠지게 된다. 이 신화로부터 소포클레스는 오늘날까지 위대한 비극의 전범으로 꼽히는 「오이디푸스왕」을 탄생시켰고, 프로이트는 인간 무의식을 지배하는 근본적인 욕망인 빛과 어둠 속에서 몸부림친 인간의 원형적 운명을 정신분석학적으로 해명해 내었다.

오이디푸스가 빛과 어둠의 경계에서 헤매던 길은 바로 우리네 인생길이고 문학의 길이다. 빛과 어둠의 두 길 중에서 하나만 선택해야 한다면, 당신의 선택은 무엇일까. 빛이 생명·희망·청결·기쁨을 상징한다면, 어둠은 죽음·절망·고난·슬픔을 나타낸다. 빛과 어둠의 선택에 당면하게 된다면 인간은 당연히 빛을 선호할 것이다. 그러나 빛과 어둠을 자의적으로 선택할 수 없는 것이 인간의 운명이다. 우리는 항상 빛과 어둠, 낮과 밤의 경계에 서서 만남과 이별을 생각하고 삶과 죽음을 두려워한다. 어둠 속에서 빛을 찾고, 빛 속에서 어둠을 헤매면서 살아가고 있다.

그러나 어둠을 이기는 빛이 없듯이 빛을 이기는 어둠도 없다. 삶에서 빛과 어둠은 순환을 거듭하며 우리에게 행복과 불행을 가져다준다. 인생에서와 마찬가지로 예술에서도 빛과 어둠의 상반된 비유는 흔히 나타난다. 이런 비유가 예술작품에서 더욱 적극적으로 나타나는 것은, 예술은 세상과 사물을 비출 뿐만 아니라 그것을 암시하고 은폐하고자 하기 때문이다. 그렇기에 우리는 예술작품 속에서 드러나거나 미처 드러나지 못하고 숨겨져 있는 어떤 것을 발견하고자 애쓴다. 은폐된 것을 발견하기 위해 노력하면서 우리는 조금씩 삶의 운명과 세상의 운행을 해독할 수 있게 된다. 그렇다고 해서 예술의 명제가 삶의 본질적 차이와 모순을 은폐하거나 미화하는 데 있는 것은 아니다. 삶과 세상의 모순과 불의 속에서 그에 맞서 대립하며 분노하여 그들을 해결하고자 하는 의지를 보여주는 데 문학과 예술의 참된 의미가 있다. 어둠 속에서 좌절하지 않으면서 이 세상과 인간에게 참된 빛을 가져오기를 갈구하는 힘을 문학과 예술은 보여준다. 예술의 위대한 힘은 여기에 있다.

네덜란드의 유명한 화가 렘브란트의「돌아온 탕자」라는 작품은 러시아 상트페테르부르크의 에르미타주 미술관에 소장되어 있다. 이 작품에 나타나는 빛과 어둠의 모습을 더 자세히 살피기 위해서 미술관을 몇 차례나 드나들었던 기억이 난다.「돌아온 탕자」의 주제는 신약성서「루가의 복음서」에서 채택되었다. 아버지한테서 재산을 물려받은 아들은 먼 객지로 떠나 방탕한 생활로 재물을 다 없앤다. 무일푼이 된 그를 누구도 동정하여 도와주는 사람이 없다. 아들은 마침내 아버지한테로 돌아가기로 한다. 멀리서 아들이 돌아오는 모습을 본 아버지는 측은한 생각이 들어 달려가 아들을 포옹한다.

아버지 앞에 무릎을 꿇고 앉아 있는 아들의 모습은 초라하고 어둡다. 반면 아버지의 인자한 얼굴 모습과 흰 수염, 그리고 자상한 손길은 밝은 빛으로 강조된다. '돌아온 탕자'는 아버지의 품에 안겨 인생의 빛과 어둠 속에서 허망함과 죽음을 생각하고 있는지 모른다. 렘브란트의 그림에는 언제나 밝은 빛과 음울한 어둠이 드리워져 있다. 그는 '빛'을 그리기 위하여 '어둠'의 밤이 되기를 기다렸다가 작업을 했다고 한다. 어둠이 짙을수록 빛은 더욱 환하게 드러난다는 사실을 잘 알고 있었기 때문일 것이다.

우리는 빛 속에 빠질수록 혹은 어둠 속에 빠질수록 커다란

혼란과 미궁에 갇히게 된다. 인생에서와 마찬가지로 문학에서도 빛과 어둠의 현실에 주목하는 이유도 거기 있다. 슬픔과 기쁨을, 삶과 죽음을 제대로 읽지 못한다면 문학에서 창조적 상상력은 상실되고 만다. 문학은 인간세계의 이야기이면서 동시에 인간이 신의 세계로 가까이 다가가 그들의 언어를 알고자 하는 노력이다. 이 노력은 가장 깊은 어둠 속에 들어갔을 때와 가장 밝은 빛 속에 있을 때, 이들이 서로 어떻게 만나고 헤어지는가를 보고자 하는 충동이다. 이 충동 때문에 문학과 예술은 부단히 이 세상과 충돌하고 갈등하면서 그것을 재현코자 한다. 창작의 희열과 예술의 즐거움은 그로부터 나온다. 빛이 충만하면 어둠이 사라지지만, 어둠 속에도 빛은 살아 있다. 사랑과 증오가 공존하는 것처럼 빛과 어둠은 공존한다. 인간의 마음에는 빛과 어둠, 진실과 거짓, 사랑과 증오가 함께 한다. 불변의 진실과 불변의 거짓이 없듯이, 영원한 사랑과 영원한 증오는 없다.

　정신의학자 칼 융은 '아브락사스Abraxas'라는 용어를 처음으로 사용한 사람이다. 이는 고대 신의 이름으로, 양극적인 것을 포괄하는 신성을 말한다. 우주 최초의 에너지는 반드시 상반된 성질을 동시에 갖고 있어 끌어당기고 뻗어나가는 작용을 한다. 이런 작용을 통해 아브락사스는 빛과 어둠의 통합, 선과 악의 통합과 조화를 이룬다. 거짓과 진실을 하나로 합친 절대적 존재가 아브락사스다. 헤르만 헷세는 『데미안』에서 아브락사스를 말하지만, 사람이 아브락사스로 사는 것은 쉽지 않은 일이다. 싱클레어는 어둠에 있을 때는 그 힘겨움에 괴로워한다. 빛의 세계에서는 어둠을 싫어하면서도 어둠이 주는 매력을 버리지 못한다. 인간이 진실과 거짓을, 사랑과 증오를 하나로 통합해서 간직한다는 것은 힘든 일이지만 고귀한 일이다.

창세기에 하느님은 빛과 어둠 사이를 갈라놓으셨다. 하느님은 빛을 낮이라 부르셨고, 어둠을 밤이라 부르셨다. 저녁이 지나고 나면 아침이 된다. 빛과 어둠, 낮과 밤의 순환을 우리는 외면할 수 없듯이, 우리의 마음도 사랑과 증오를 동시에 품으면서 살아갈 수는 없는 것인가.

5장

오로라를
기다리던 시간

　　오로라aurora는 좀처럼 모습을 드러내지 않았
다. 칠흑 같은 어둠 속에서 찬란한 모습을 드러내길 기다렸지
만 오로라는 끝내 나타나지 않았다.

　　자연이 만들어내는 가장 아름다운 경이驚異라는 오로라
를 만나기 위해, 지상의 마지막 남은 순백의 빙하를 찾기 위
해 북극으로 떠났다. 오로라와 빙하 천국이라는 알래스카를
자동차로 달리면서도 오로라를 볼 수 없을지 모른다는 초조
감을 느꼈다. 지금 내가 달리며 내뿜는 자동차의 매연에 질린
오로라가 어찌 그 모습을 보여줄 것인가. 이렇게 생각하면서
도 알래스카의 페어뱅크스를 지나 북극선 위 카츠브 지역까
지 차를 몰고 신나게 달렸다. 그곳은 여름 석 달은 밤이 없는

지역이고, 겨울 두 달은 낮이 없는 지역이다. 어둠이 밀려와 세상은 고요해져 갔지만, 북극곰과 나무와 꽃들은 잠들지 못했다. 그들은 수런대며 이 세상과 인간에 대해 근심하고 있었다. 그들의 가장 큰 걱정은 인간이 이제 더는 자연과 함께 어울리며 살려 하지 않는다는 사실이다.

오로라는 라틴어로 '새벽'이라는 의미를 지니고 있다. 오로라는 빨강·초록·노랑의 다양한 색채로 물감을 풀어놓은 듯 칠흑의 하늘에 커튼처럼 펼쳐진다. 별이 빛나는 밤하늘 위에서 펼쳐지는 이 광경을 보고 있으면 누구라도 자연에 대해 경이로움을 느끼지 않을 수 없다. 이 신비하고 아름다운 자연현상은 인간의 힘으로는 도저히 흉내낼 수 없는 것으로 그린란드와 알래스카 같은 북극 지방에서만 간혹 볼 수 있다. 태양에서 방출된 빛의 일부가 지구 자기장에 이끌려 대기로 진입하면서 공기 분자와 반응하여 나타나는 현상이다. 이런 신비롭고 아름다운 자연현상이 나타난다는 것은 이 지역이 아직 철저하게 원시적 자연 상태로 보존되고 있다는 사실을 말해준다.

원주민은 오로라를 '공놀이'라고 부른다. 오로라를 보면서 휘파람을 불면 오로라가 가까이 굴러 다가오고, 개처럼 마구 짖으면 오로라가 사라지기 때문이다. 또한 오로라는 이승을 떠난 영혼들이 저승에 모여 있다는 증거라고 한다. 오로라는 길을 잃고 방황하는 나 같은 여행자를 최종 여행지까지 안내하는 또 다른 영혼이다. 어둠의 밤하늘을 바라보면서 오로라가 나타나기를 기다리고 있는 나는 이 풍진 세상에서 홀로 떨어져 헤매고 있는 슬픈 영혼이다.

우리는 모두 한 조각 별이 되어 어둠 속에서 헤매고 있다. 한 많은 이승에서나 아득한 저승에서나 별이 되어 별의 언어를 주고받으며 다시 한 몸이 되고자 한다. 우리는 별에서 태어나 별로 살다가 별로 환생할지 모른다. 너와 나는 죽어서 별이 되어 저 밤하늘에서 다시 만나리. 별들로 모여 옛이야기를 나누며 또 다른 추억을 쌓아갈 것이다. 사백삼십 광년을 달려 이제 막 지구에 도착한 북극성처럼, 우리는 별이 되어 뒤늦게나마 서로의 헐벗은 영혼을 달래줄 것이다. 오로라는 슬픈 영혼을 달래주려는 또 다른 영혼의 불빛이다.

그 옛날에는 모두가 하나였다. 밤하늘에 모인 별들이 하나가 되어 서로를 다독이고 있듯이, 강을 만나면 물이 되어 함께 건너고자 했다. 하늘과 별, 강과 물, 모두가 하나였다. 바람이 불어도 우리는 함께 넘어지고 함께 일어났다. 번개와 홍수도 우리를 갈라놓지는 못했다. 그렇지만 언제부터인가 우리는 흩어지고 멀어졌다. 알래스카와 북극 지역에서 자연은 있는 모습 그대로 인간을 맞이하고 보낸다. 쓰러진 나무는 쓰러진 대로 썩은 나무는 썩은 대로 또 다른 생명을 탄생시킨다. 알래스카는 인간 삶과 자연의 적층積層이 어떻게 쌓여 왔고 어떻게 무너져 내리고 있는가를 보여준다. 무너진 아름드리 큰 나무에 나이테가 선명하게 드러나 있다. 그를 통하여 세월과 기억의 적립을 읽을 수 있었다. 나이테에는 지난 시간의 아픔과 슬픔이 담겨 있다. 나이테는 자연의 역사이며 인간의 역사이다.

이곳에서는 오래된 숲을 베어내어 길을 만들고 도시를 만든다는 것은 상상할 수 없다. 자연은 천년의 세월을 묵묵히 견뎌내고 있다. 견딘다는 것은 인간에게만 특화된 일이 아니다. 저 오랜 세월을 꿋꿋이 견디어 가는 자연의 만물을 볼 때 저들이 살아가는 고난의 무게가 얼마나 위대한 것인지를 실감하게 된다. 인간 삶이 이 우주를 지탱하는 데 아무리 엄청난 공헌을 했다고 하지만 인간이 만든 상처는 너무 깊다. 또한 그것을 치유하는 것이 얼마나 가능할까.

지구온난화 현상으로 전 지구가 폭염에 휩싸여 있다는 소식이다. 알래스카와 북극 지역도 섭씨 30도를 오르내린다. 이곳 기상관측 이래 최고의 더위라고 한다. 북극 지역의 이상 기후에 에스키모 후예인 원주민들도 공포에 떨고 있다. 수백 년 동안 자연 상태를 유지하던 만년설과 빙하가 녹아내리고, 집을 잃은 곰들은 여기저기 헤매며 눈물을 흘리고 있다. 이 모든 것은 인간이 만든 재앙이다.

인간은 자신들의 위대한 업적을 자랑하고 있지만, 지금 지구는 축복과 재앙의 갈림길에 서 있다. 북극의 녹아내리는 빙하를 통하여 나는 불을 본다. 인간이 대지에 질러대는 거대한 불 난리로 인해 빙하는 거침없이 녹아내리고 있다. 지구는 이글대는 화로가 되어가고 뜨거운 열탕이 되어간다. 인간은 자연을 침탈하고 살육하지만, 자연은 여전히 어디서나 너그럽다. 인간과 달리 자연은 모든 것을 용서해주며 제자리에 서 있다. 곰과 펭귄과 연어에게 돌아갈 집이 사라진다는 것은 슬픈 일이다. 집을 잃은 자들은 어디서나 처참하다. 이제 그들에게 낯익은 보금자리는 아무리 찾아보아도 사라지고 없다.

그러면서도 사람들은 자연을 찬미하고 시를 짓는다. 하늘에 떠 있는 구름과 별이 아름답게 보이지만 그건 눈앞의 현상일 뿐이다. 그 아래에는 죽음이 있다. 시인은 구름과 별을 바라보면서 위대한 생명을 노래하고 있지만, 그것은 곧 죽음을 노래하는 것이다. 알래스카 데날리Denali의 거대한 자연 속에서도 동물과 꽃과 나무들은 저마다 제자리에서 아름답고 신비로운 존재 가치를 보인다. 아무것도 아닌 듯 그 자리에 가

만히 서 있는 것만으로도 위대한 일이다. 인간이 이 세상의 주인이 아니라 그들이 주인이다.

그렇지만 인간의 탐욕은 끝이 없다. 하루가 멀다고 여기저기 파헤쳐 집을 짓고 도로를 만든다. 자연에 앞서 인간이 먼저라고 하면서, 수백 년 동안 자라온 나무를 베어내고 숲을 없애는 것을 예사로이 생각한다. 그들은 무지하게도 자연이 없어지는 것이 곧 인간이 멸망하는 길이라는 사실을 모르고 있다. 자연이 없다면 인간이 이 지구상에서 살아갈 수 있을까. 우리에게 숲과 나무와 물이 없다면 어떻게 살아갈 수 있을 것인가. 인간도 결국 집을 잃고 여기저기 헤매고 있는 북극곰과 같은 운명이 될 것이다. 이런 사실을 아는지 모르는지 오늘도 인간은 자연을 끊임없이 파괴하고 있다. 지금 북극곰이 흘리는 눈물을 머지않아 인간도 흘리게 될 것이다.

빙하가 녹아내리고 오로라가 사라져 가지만, 인간은 자연에 대해 갈수록 교만해져 가며 자연을 이용 대상으로만 생각한다. 나는 북극 지역에서 수백 년 된 빙하가 바닥을 드러내며 녹아가는 것을 바라보면서 이제 곧 이 지구에 종말이 올 것이라는 생각을 했다. 그렇지만 사람들은 당장 내일 지구가 망한다고 해도 이 지구를 파헤치고 이용하는 데만 골몰할 것이다. 푸른 지구는 자꾸자꾸 검게 변해 간다.

우리에게 희망이 있는가. 어디에서도 희망의 모습은 찾아 보기 힘들다. 자연에서는 희망을 볼 수 있지만, 인간에게서 는 절망의 모습만 보인다. 사람들이 이 세상에서 저지르는 탐 욕과 집착과 타락의 모습에서 희망이라는 단어를 찾아보기란 쉽지 않다. 인간이 자연을 돌보는 것이 아니라 자연이 인간을 돌보아야 할 단계에 이르고 말았다. 봄날의 나비처럼, 여름의 산들바람처럼, 가을의 단풍처럼, 겨울의 흰 눈처럼 살아가야 할 것이지만 인간은 오직 혼자만 잘살기 위해 몸부림친다.

오로라는 결국 그 모습을 드러내지 않았다. 아니 오로라는 이제 영원히 그 모습을 인간에게 보여주지 않을지 모른다. 앞 으로 갈수록 자연은 인간에게 축복이 아니라 저주를 줄 것이 기 때문이다. 찬란한 '새벽'이라는 축복이 아니라 캄캄한 '밤' 의 저주를 줄 것이다. 어둠이 지나야 빛나는 태양이 뜬다고 하지만, 인간이 살아가는 이 초록별 지구에는 밝음보다는 어 둠이 짙어가고 있다. 인생이 그렇듯이 언제나 저무는 시간은 빨리 왔다 빨리 간다. 시간이 흐르고 세월이 간다는 것은 우 리가 가장 사랑하는 것들과 서서히 작별하는 것이다. 인간에 게 유토피아가 어디에도 없는 것이 되어 버렸듯이 오로라도 우리에게 영원히 오지 않을 것이다.

오로라는 나타나지 않고 밤하늘은 더욱더 어두워져 갔다. 나는 밤하늘을 향해 소리쳤다. "오로라여, 안녕!"

파두를 아시나요

    강은 바다로 흐른다. 더럽혀진 이름과 환멸의 역사를 버리고 강은 바다로 바다로 빠져든다. 리스본의 테주강도 대서양의 끝자락에서 바다로 자신의 몸을 던진다. 테주강이 바다로 흘러들며 잠시 머뭇거리고 슬퍼하는 지점, 그곳에 도시는 자리 잡고 있다.

    날이 저물고 낮이 밤으로 몸 바꾸어가는 시간 속에서 나는 강변을 서성이고 있었다. 낯선 곳을 배회하고 있는 여행자에게 스며드는 여수旅愁가 어둠과 함께 옷깃을 헤집고 들어왔다. 밀려오는 어둠의 정적 속에서 초저녁잠에 취했던 별들이 하나둘 깨어나 수런거린다. 김이 무럭무럭 피어나는 강물은 돌이킬 수 없는 아득함과 그리움을 떠올리며 부르르 전율하고 있다. 태주강 위로 어둠은 자꾸 깊게 드리워진다. 가장 어두운 시간은 바로 해 뜨기 직전이라는데, 그래도 갈 수 있을 때까지 가보자, 한 번뿐인 인생이니까. 갈 수 있을 때 가야 의미가 있다.

포르투갈이라는 나라에 대한 내 생각은 그다지 밝지 못했다. 오래전에 본 영화 「미션」에서 남미 이구아수폭포 상단의 원주민 과라니족들과 예수교도들을 무자비하게 학살하던 포르투갈 제국주의자의 모습이 너무나 강렬하게 남아 있었기 때문이다. 인류 역사상 언제나 그랬듯이 제국주의자들은 문명과 개발이라는 이름을 빌려 순진무구한 원주민들에게 무자비하게 폭력과 수탈을 저질렀다. 영화 속에서 포르투갈인들이 저지르던 잔혹성과 야만성을 바라보며 치를 떨었다.

포르투갈에 대해 가지고 있던 나쁜 이미지는 그곳을 방문한 이후로 달라졌다. 리스본에 머물면서 도시의 뒷골목을 여기저기 방문하고, 그때 '파두Fado'라는 음악을 듣게 되면서 이 나라와 사람들에 대한 인상은 완전히 바뀌게 되었다.

파두를 듣기 위해 사람들은 어둠 속에서 야간열차를 타고 스멀스멀 리스본으로 몰려왔다. 파두는 라틴어로 '운명'이라는 말이다. 운명이라는 말을 들으면 왠지 엄숙하고 장엄한 느낌이 든다. 운명, 내 삶에 닥친 모든 일은 의도도 원인도 방향도 알 수 없는 채로 순전히 보이지 않는 손길과 힘으로 움직이는 것인가. 때로 불행과 슬픔이 거대한 해일처럼 밀려와 우리를 덮칠 때도 모든 것을 그저 운명의 탓으로 돌리고 그냥 따를 수밖에 없다. 그때 내가 할 수 있는 일이란 기껏 대서양 먼 바다의 오래된 희미한 등대 불빛을 그냥 묵묵히 바라보는 일뿐이다. 야간열차를 타고 어둠 속을 달리는 것과 같이, 누군가를 만나 사랑을 나누며 기뻐하고 슬퍼하며 헤어지는 일이 모두 운명의 힘에 의한 것이라고 생각하는 것은 슬픈 일이다.

리스본 사람들은 밤거리 뒷골목에 모여 밤새 파두를 부른다. 그리움과 기다림의 이름으로 파두! 파두!를 노래한다. 영화 「미션」에서 눈물 한 방울 없이 그렇게 무자비하고 잔혹하던 사람들은 눈물이 많았다. 파두를 부르고 들으면서 하염없이 눈물을 흘린다. 참회의 눈물, 그리움의 눈물, 기다림의 눈물, 대서양은 포르투갈 사람들이 만든 눈물바다이다. 바다에는 돌아오는 사람보다는 떠나는 사람이 더 많다. 그 옛날 사람들은 바다가 세상의 끝인 줄 알고 영원히 돌아오지 못할 길로 떠났다. 리스본에는 떠남과 기다림이 출렁대고 있었다. 리스본을 떠날 때 사람들이 흘린 눈물이 만든 음악이 파두이고, 다시 그곳으로 돌아올 때 가지고 온 것이 파두이다. 파두는 메아리가 되어 강과 바다를 넘나든다.

리스본은 그리스 신화의 영웅 오디세이가 세웠다고 전해진다. 운명처럼 트로이 전쟁에 참여하고 또 운명처럼 고향으로 돌아오지 못하고 바다를 떠돌던 오디세이, 리스본은 오디세이를 닮은 도시다. 이 도시의 좁은 골목길 사이로 내리는 어둠은 바다처럼 깊고 검푸르다. 도시의 곳곳에 자리 잡은 선술집에서는 검은 옷을 입은 가수들이 애절한 목소리로 파두를 부른다. 청승맞은 음색으로 이베리아반도 끝자락에 드리운 자신들의 운명을 노래한다. 바다를 따라 떠돌다 리스본의 골목에서 가난한 일생을 엮어가는 뱃사람들은 자기 삶의 회한을 노래한다.

대서양을 바라보면서 그들은 미지의 땅을 향해 떠났다. 그들이 떠난 자리에는 눈물꽃이 피었다. 리스본 사람들의 기다림과 그리움을 담은 노래 파두는 어둠 속에서 도시의 밤을 흔들어 깨운다. 파두는 밤새 칭얼거리는 파도처럼 절절하게 불면의 밤을 보내는 사람의 귓전으로 파고든다. 자신에게 운명의 굴레와도 같은 바다와 함께 리스본 사람의 한이 담긴 노래 파두는 메아리가 되어 리스본에 공명共鳴한다.

사람들은 바다를 향해 그리움의 노래를 부른다. 바다는 세계 어디서나 많은 사람에게 특별한 영감을 준다. 바다를 삶의 터전으로 살아야 했던 항구 도시의 사람들에게 바다는 곧 운명이었다. 그들은 영욕의 세월 속에서 바다를 보면서 인생의 기쁨과 슬픔을 노래하고 희망과 절망을 터득했다.

바다로 떠난 사람은 고향을 그리워했고, 남은 사람은 떠난 사람을 기다렸다. 포르투갈 사람은 새로운 미지의 땅을 향해 길고 긴 항해를 떠났다. 떠난 이는 고향에 대한 향수와 무거운 고독감을 이겨야 했고, 그 뒤에는 오디세우스의 아내 페넬로페같이 남은 여인들의 기나긴 기다림과 삶의 아픔이 우두커니 남아있다. 그들에게 바다는 삶이자 숙명과도 같은 것이었다. 파두는 바다에 기대어 숙명처럼 살아가던 포르투갈 사람들의 그리움과 기다림의 노래이고, 바다를 향해 부르는 운명의 노래였다.

리스본 뒷골목에는 영욕의 역사가 겹겹이 쌓여있다. 세상의 모든 언덕과 비탈이 모두 모여 있는 것 같은 리스본에서는 걷는 게 고역이고 사는 게 노역같이 느껴질 때가 많다. 오늘도 그 비탈길 위로 힘들고 고달픈 길을 걷는 사람에게 파두는 희망의 복음같이 들려온다.

드넓은 바다를 건너갔다가 다시 돌아온 노래 파두, 사람들은 영혼을 뒤흔드는 아말리아 로드리게스의 목소리에서 삶의 희망과 절망을 느낀다. 리스본의 뒷골목에서는 오늘도 파두

의 노랫소리가 환몽처럼 들려온다. 지금도 내 귓전에 애절하
게 들려오는 아, 파두! 파두!

마지막 지상 낙원, 훈자

인더스강을 따라 세월과 함께 시름을 나눈다는 카라코람 길을 따라, 이 지상의 모든 서두름과 다그침이 자리를 잃어버린다는 파미르고원을 따라, 순간에서 영원으로 타오르는 타림분지를 따라, 끝없는 길을 가다 보면 마침내 훈자Hunza에 이르게 된다. 길은 길을 만들고 길이 끝나는 곳에도 길은 있다. 사람들은 훈자를 마지막 지상 낙원이라고 부르면서 이곳을 찾는다.

세상에서 가장 높고 장엄한 길이 세계의 지붕 파미르고원을 넘어 중국과 파키스탄을 잇고 있다. 이 길은 중국 서역 지방의 카스에서 파키스탄의 수도 이슬라마바드까지 이어지는 약 1200㎞의 길로, 중국 측에서는 중파공로中巴公路, 파키스

탄 측에서는 카라코람 하이웨이Karakoram Highway라 불린다. 대상들이나 불법을 구하러 인도로 가던 구도자들은 낙타를 타고 몇 달씩 가던 길이었지만 버스를 타면 1박2일이 걸린다. 오늘날도 이 길을 오가는 사람들은 파키스탄과 중국을 왕래하는 장사꾼들과 여행자들이다.

카스에서 승객과 짐을 잔뜩 실은 버스는 황량한 벌판을 달리다 몇 번의 중국 측 검문소를 거친 후 이민국 피랄리Pirali에 도착한다. 그곳에서 출국 수속을 밟은 후 드디어 쿤제라브 고개Khunjerab Pass를 오른다. 쿤제라브 고개는 '피의 계곡'이란 뜻이다. 산적들이 이 길을 넘던 대상과 수도승들을 상대로 약탈과 살인을 자행하여 계곡에 피가 늘 흘렀다고 해서 붙여진 이름이다. 양쪽으로 높게 치솟은 산들이 고갯길을 에워싸고 있다. 거대한 산맥에 들어서기 직전이라는 것을 보여주듯 기암절벽이 금방이라도 무너져 내릴 듯 아슬아슬하고 발아래로는 만년설 녹아내린 물이 콸콸 흘러내리고 있다. 아득한 낭떠러지 길을 달리며 계곡 건너편 산허리를 보니 옛사람들이 다녔을 길이 구불구불 S자를 그리고 있다. 아마 혜초 스님도 인도를 여행한 후 파미르 고원을 넘어 카스로 갔던 것으로 추측된다. 그는 『왕오천축국전』에서 이곳을 지나가며 느꼈던 심정을 다음과 같이 이야기했다.

그대는 서번(西蕃: 서쪽의 변방)이 먼 것을 한탄하나
나는 동방으로 가는 길이 먼 것을 한탄하노라.
길은 거칠고 눈은 산마루에 수북이 쌓였는데
험한 골짜기에는 도적이 들끓는구나.
새는 날다 깎아지른 산 위에서 놀라고
사람은 좁은 다리를 건너며 어려워한다.
평생에 눈물 흘린 일이 없었는데
오늘만은 천 줄이나 뿌리도다.

-혜초, 『왕오천축국전』에서

　　훈자로 다가갈수록 카라코룸, 힌두쿠시, 히말라야 등 세계에서 가장 높고 거대한 산맥이 눈앞을 가로막아 숨이 멎을 듯한 기분이다. 100여 년 전까지만 해도 바깥세상에 전혀 알려지지 않은 채 카라코룸산맥 언저리의 조용한 작은 마을이었던 훈자는 1891년 영국의 침략으로 인해 비로소 세계무대에 등장하게 된다. 드높은 설산을 배경으로 한 폭의 아름다운 수채화 같은 훈자마을은 봄이면 아름다운 살구꽃이 온 마을을 가득 채우고, 여름이면 짙푸른 녹색이, 가을이면 붉은 단풍이, 겨울이면 하얀 눈이 온천지를 뒤덮는다. 만년설로 뒤덮인 고산과 그 밑으로 흐르는 훈자강 그리고 높게 자란 미루나무와 푸른 농경지는 마치 지상 낙원을 연상케 한다.
　　숙소 저 멀리 밤의 장막 속으로 내려다보는 훈자는 각별한 정취를 풍기며 안겨온다. 카라코룸 하이웨이가 훈자 강어귀에 면해 일직선으로 뻗어있고, 은은한 달빛 속에 높은 산은 깊은 그림자를 드리우고 있다. 그림자 사이로 민다의 불빛이 여기저기 깜박이며 삶의 숨결을 전해준다. 훈자에는 아직 완전하게 전기가 들어오지 않아 황혼이 깃들면 산 그림자가 달빛에 드러나고 카라코룸 하이웨이의 아스팔트에 반사되어 둘은 마치 깊은 포옹을 하는 듯하다. 숙소 앞에는 짙은 회색빛의 인더스강이 흐르고 강 건너에는 풀 한 포기 없는 거대한 바위산이 버티고 서있다.

세상 사람들은 훈자마을을 고립된 채 놓아두지 않고 세상 한가운데로 끄집어내었다. 고요하던 훈자 마을은 인간이 뿌려놓은 문명에서 벗어날 수 없어 카라코룸 하이웨이에서 가장 큰 관광도시로 발전했다. 카라코룸 하이웨이의 건설과 함께 도시문명의 침입이 이루어지고 고요하던 훈자 마을의 평화는 파괴되었다. 외부세계와 단절된 채 공동체적 삶을 영위하며 마을 전체가 한가족이나 친척같이 살아가던 훈자의 마을이 세상에 개방되기 시작한 것이다. 개발과 발전의 미명하에 고요하고 평화롭던 훈자 마을도 갈수록 황폐해져 가고 있다. 산은 무너져 내리고, 강은 오염되어 가고, 그들의 조상이 살았던 땅은 없어져 갔다. 도대체 이 아름답고 평화로운 훈자 땅을 그냥두지 못하고 왜 자꾸 못살게 구는 것인가. 아름다운 산과 강을 자기 시대에만 유용하게 쓰려는 인간의 어리석은 욕망이 자연을 파괴하고 있는 것이다. "네가 아프니 나도 아프다."는 『유마경』의 진리는 도대체 이 세상 어디에 존재하는가. 세계에서 가장 오지라는 훈자의 아름다운 시골길도 어느새 삭막한 아스팔트로 변해 가고 있어서 분노의 마음이 끓어오른다.

예나 지금이나 훈자 사람들은 물질적인 풍요로움 대신 근검하고 소박한 삶에 가치를 두고 작은 텃밭을 일구며 살아왔다. 골목 어귀나 상점에서 만나게 되는 훈자 사람은 항상 친절하고 너그러운 미소를 머금고 있다. 낯선 관광객들을 대하는 훈자 사람들의 태도는 너무나 여유가 있고 관대해 보인다. 늘 무언가에 쫓기며 전투하듯 살아가는 우리에게 이들의 생활태도는 부러울 따름이다. 여행 배낭에나마 훈자 사람들의 청빈하고 너그러운 태도와 그들의 소중한 삶의 지혜를 가득 담아 갈 수 있다면 얼마나 좋을까.

밤을 홀딱 새고 새벽이 다되었는데도 훈자의 밤은 더욱더 깊어만 간다. 화장실을 다녀오며 바라본 밤하늘의 별들은 훈자 사람들의 너그러움과 여유로움을 닮아서인지 금세 다 쏟아져 내릴 듯 더욱 초롱초롱하다. 세상의 모든 시름과 걱정을

다 떨쳐버리고 언제 이 지상낙원 훈자의 찬란한 밤을 다시 볼
수 있을까.

별과 함께 지다

　　돈황 명사산鳴沙山의 밤하늘에는 영롱한 별들
이 금세 머리 위로 다 쏟아질 듯 가득하다. 하늘을 가로지르
는 은하수가 강과 구름을 이루며 별들이 갈 길을 만들어 주고
있다. 명사산의 사구砂丘가 고이 잠든 사막의 밤, 오랜만에 친
숙한 별자리들이 또렷이 보인다. 북두칠성과 그 위의 큰곰자
리, 작은곰자리, 북극성, 카시오페이아가 잠들어 고독과 침묵
이 드리워진 사막의 별 밤을 지킨다. 그 사이로 일찍 제 생명
을 마친 별똥별들이 이따금 떨어진다.

　어린 시절 시골 친구들과 들판에 누워 밤하늘의 별들과 은
하수의 아름다운 모습을 본 적이 있다. 그 후로 이렇게 아름
다운 밤하늘의 장관을 본 기억은 처음이다. 얼굴 위로 쏟아지

던 별들의 황홀함으로 잠은 멀리 달아나 버렸다. 산과 들에서 밤을 새워본 일이 있는 사람이라면 인간이 모두 잠든 깊은 밤중에 낮보다 더욱 아름답고 신비로운 세계가 펼쳐진다는 것을 알 것이다. 사람들이 모두 잠 속으로 떠난 밤, 달빛과 별빛이 은은하게 온 천지를 비추기 시작하면 시냇물은 더 맑은 소리로 노래 부르며 흐르고, 나뭇가지와 풀잎은 바스락대며 부쩍부쩍 자라고, 산신령들도 거침없이 오락가락 노닐며, 대기 속에서 만물들이 서로 대화를 나누기 시작한다. 낮은 인간들의 세상이지만 밤은 자연의 세상이다. 지상의 모든 잠 못 이룬 생명은 불면의 밤을 도와 지저귀고, 천상의 별들은 지상의 삶을 엿보고자 반짝인다.

지금 내가 바라보고 있는 북극성은 천년 전에 우주 여행길을 떠난 별빛이며, 그것이 지금 눈앞에서 반짝이고 있다. 천년 전 여행을 떠난 별빛이 광속光速으로 이동하여 마침내 오늘 나의 시야에 들어와 반짝인다는 것은 생각할수록 경이롭고 신비로운 일이다. 천 년 전이라면, 저 신라 시대에 떠난 빛이 아닌가. 신라의 어느 총각이 사랑하는 처녀를 그리며 바라보던 별을, 아니면 먼 당나라로 유학을 떠났던 어린 최치원이 길을 잃고 쳐다보던 별을, 지금 나는 중국 땅 둔황에서 바라보고 있다.

지금 이 순간 저 별을 떠난 빛은 천 년 후 다시 지상의 아름다운 어느 곳에서 또 누군가를 만날 것이다. 은하계 속의 무수한 별들 속에서 지구는 한낱 조그만 돌덩이에 불과하고 인간이라는 존재도 미세한 점 하나 같은데, 우리는 작은 지식과 명예와 재산에 기대어 마치 우주를 다 가진 듯 큰소리치고 잘난 척하며 살아간다. 영겁의 시간에 비하면 인간의 한평생인 백년은 찰나에 불과하다. 좋은 마음과 착한 생각을 가지고, 좋은 말과 착한 일만 하고 살기에도 아까운 시간이다. 그렇지만 우리는 서로 미워하고 시기하고 불신하고 배신하며 살아간다.

가슴속에 하지 못한 말들이 하늘로 올라가서 별이 된다고 한다. 그리워하고 보고 싶은 사람들에게 미처 전하지 못한 말들이 얼마나 많은가. 보내지 못한 말들을 아쉬움으로 남긴 채 헤어진 인연은 또 얼마나 많은가. 첫사랑의 여인에게, 병상에 계시다 돌아가신 어머니에게, 제대로 꽃피지도 못한 채 몸부림치다 저세상으로 떠난 친구 시인에게 하고 싶고 전하고 싶은 말은 너무나 많다. 그 아쉬움과 그리움은 저 하늘 가득한 별이 되어 반짝이고 있다. 별나라에는 이 세상의 혼탁함도 탐욕도 위선도 없다. 오직 천상에 존재하는 달과 별 같은 청순하고 아름다운 영혼의 세계가 있을 뿐이다.

어릴 때 가슴 설레며 읽었던 알퐁스 도테의 「별」에 등장하는 목동과 스테파네트 아가씨가 생각난다. 아름다운 유성 한 줄기가 그들 머리 위를 스쳐 떨어지자, 스테파네트 아가씨는 나지막한 목소리로 묻는다. "저게 뭐지?" 목동은 대답한다. "천국으로 들어가는 영혼이지요." 별빛이 쏟아지는 뤼르봉 산에서 머리를 뒤로 젖히며 천진하게 웃는 스테파네트 아가씨와 순진한 양치기의 짧은 사랑은 긴 여운을 남긴다. 양치기는 7년 만에 한 번씩 결혼한다는 '목동의 별' 이야기를 꺼내며 자신의 사랑의 감정을 표현한다. 그러나 목동의 설레는 마음을 아는지 모르는지 아가씨는 목동의 어깨에 기대어 잠이 든다. 밤하늘에는 총총한 별들이 수없이 쏟아져 내리고, 그중에서 가장 아름답고 순정한 별 하나가 목동의 어깨 위에 떨어져 잠들어 있다.

초록빛이 반짝이는 어두운 하늘과 긴 그림자를 드리운 암흑의 명사산에는 총총한 별들이 명주실처럼 잘리듯 이어진다. 아득한 별자리를 헤아리려 하지만 별은 모였다가 이내 흩어지곤 한다. 별들은 흩어지지 않기 위해 온몸을 떨며 서로를 힘차게 끌어안고 있는 것 같다. 하나의 의미를 위해 저렇게 손 놓을 수 없는 간절함으로 제자리에 서서 버티고 있는 별, 새삼스레 나의 별자리를 이루는 얼굴을 하나하나 떠올려 본다. 너는 나에게 어떤 의미를 주며 내 곁에서 명멸하다 사라졌는가. 또 나는 너에게 어떤 의미로 존재했던가. 아니 몇 번이고 윤회를 거듭하며 '너'를 만나려 했으나 번번이 어긋나고, 만나면서도 서로 알아보지 못했던가. 참사랑은 왜 이렇듯 쉬운 만남을 이루지 못하고 아쉽고 불운한가.

하늘의 별들은 웅장한 오케스트라와 같이 연주를 하고 있다. 처음에는 한두 개의 별들이 조용히 연주하다가 마침내 모든 별이 일제히 연주를 시작한다. 별들의 음악과 함께 시간은 어느덧 새벽을 향하고 있다. 삶의 여정은 날 저물면 어딘가 천막을 치고, 날 밝는 아침이면 천막을 거두어 어디론가 새로운 길을 떠나는 것이다. 다시 어디에선가 힘든 하루가 시작된다. 별들은 사람들의 삶에 빛을 비추어 준다.

늘 행복한 나날일 수는 없었다. 인생이 행복하기만 하면 행복이 지겹기도 할 것이다. 또 늘 불행한 나날의 연속일 수도 없다. 고통의 시간이 지나면 행복한 날도 온다. 강물이 바다에 이르기까지 수많은 굽이를 돌아서 가듯이, 산다는 것도 기쁜 날과 슬픈 날의 연속이다. 사노라면 내가 세상에서 가장 불행한 사람이라고 여기고 한 치 앞도 보이지 않는 절망에 처할 때도 있다. 그런 절망 속에서 사람들은 하늘을 본다. 하늘에 별과 달이 있기 때문이다. 별은 희망이며 그리움이다. 별은 사람을 살아 있게 하는 힘이다. 별은 아무때나 누구에게나 보이는 것이 아니다. 별은 어둠 속에서 자기를 볼 줄 아는 사람의 눈에만 보인다고 누군가 말했다. 어둠은 절망이다. 절망 속에서 나는 누구인가를 조용히 바라보며 또 다른 삶의 희망을 생각한다. 사람들이 오늘도 물 한 방울 나지 않는 사막을 건너가야 하는 것은 사막 어디엔가 오아시스가 있다고 믿기 때문이다.

밤하늘의 별들이 처연하게 나를 내려다보고 있다. 별들은 그냥 버려진 것이 아니다. 별들은 이 세상의 누군가를 바라보고 있다. 밤 깊은 사막의 시간에도 별들은 하염없다. 별들은 그렇게 나와 함께 지고 있었다.

고흐에 대한 추억

프랑스 남부 도시 아를을 방문했다. 그곳에 간 것은 전적으로 화가 빈 센트 반 고흐를 추억하기 위해서였다. 아를에서 며칠을 보내면서 밤낮으로 고흐를 만났다. 카페에서, 길모퉁이에서, 정신병원에서, 강변에서 고흐의 상처와 예술혼은 그대로 살아남아 있었다. 위대한 예술작품은 한 사람이 남기는 것이지만, 그것은 두고두고 역사가 되어 남는다. 아를의 뒷골목을 배회하면서 천재는 천재다운 삶을 산다, 예술은 죽음으로 완성된다, 위대한 예술가는 저 너머의 또 다른 세상을 꿈꾸는 자들이라는 생각이 절로 들었다.

고흐는 1853년 네덜란드에서 출생하여 프랑스에서 사망했다. 네덜란드 시절에는 어두운 색채로 삶의 고통을 주제로

한 그림을 주로 그렸으나 파리에서 공부하면서 인상파와 신인상파의 영향을 받는다. 목사 아들로 태어난 그는 젊은 시절부터 기행을 일삼아 창녀와 사랑에 빠지기도 했고, 전도사가 되어 보리나주 탄광촌에 가서 가난한 광부를 돕겠다고 하기도 했다.

오래전부터 화가들의 공동체를 꿈꾸어온 고흐는 아를에서 '노란 집'을 마련하여 고갱을 초대한다. 여기서 고흐와 고갱은 함께 살며 작품에 대한 논쟁을 벌이기도 하고 작품 제작에 몰입하기도 했다. 그러나 고갱과 빈번히 성격 충돌을 일으켰고 서로를 불신하게 되자, 크리스마스를 이틀 앞두고 고흐는 스스로 버림받았다고 생각하여 격분을 이기지 못해 자신의 왼쪽 귀를 면도칼로 잘라버린다. 이 사건을 계기로 고갱은 파리로 떠났고, 고흐는 정신병원에 입원하게 된다. 그후 1890년 봄, 파리 근교의 오베르 쉬르 우아즈에서 37세의 나이로 권총 자살을 하고 만다.

비극적일 정도로 짧은 생애였던 고흐의 삶은 항상 비현실적이었다. 비현실주의자의 삶은 언제나 비합리적이고 비논리적이다. 고흐의 삶이 그렇듯이 그들은 흔히 기준에서 벗어난 생각을 하거나 상식에서 벗어난 기행을 저지른다. 사랑하지 않아야 할 사람을 사랑하고, 지나치게 욕망적이며 무리한 꿈을 꾸며 삶을 영위한다. 진짜 인간다운 삶은 현실적인 것인가 비현실적인 것인가. 어느 삶이 진정으로 가슴을 뛰게 하고 전율케 하는 것인가. 고흐는 대지를 바라보고 있었지만 끊임없이 하늘을 향해 솟구치는 불길처럼 치열하고 불꽃 같은 삶을 살았던 예술가였고, 이것이 그의 예술적 삶을 가능하게 했다.

위대한 예술가들에게 우리는 흔히 '천재'니 '대가'라는 말을 사용하지만, 재능만으로 대가나 천재가 된 사람은 없다. 예술은 정해진 법칙이나 고정된 개념이 아니라 오히려 화석화된 표준을 깨고 나아가는 저항이다. 미지의 우주를 떠돌며 새로운 존재들을 발견하고 세상을 새롭게 구성해가는 실천이다. 그런 예술이야말로 우리의 삶과 세상을 생동하고 신선하게 만든다. 진정한 예술가란 어둠의 세상에서 빛을 찾아 헤매는 사람이다. 고흐야말로 어둠에서 빛을 찾고자 한 예술가이다.

고흐에게 밤하늘은 무한함을 표현하는 대상이었다. 아를에서 제작된 「별이 빛나는 밤」, 「밤의 카페 테라스」나 「아를의 별이 빛나는 밤」에서도 별이 반짝이는 밤의 정경을 다루었다. 그가 그린 밤하늘에는 언제나 구름과 대기, 별빛과 달빛이 폭발하듯 쏟아지고 있다. 황량하고 짙은 파란색 하늘은 세상의 종말을 연상케 하고, 그 위로는 구름이 소용돌이치며 떠 있다. 그리고 달과 별의 둘레에는 뿌옇게 달무리가 퍼져있다.

그는 "별을 보는 것은 언제나 나를 꿈꾸게 한다." "우리는 별에 도달하기 위해 죽는다."고 했다. 우리는 별에 가기 위해 사는 것일까, 아니면 별에 가기 위해 죽는 것일까.

고흐의 불꽃같은 예술적 열망과 삶에 대한 뜨거운 투쟁의 기록은 동생 테오에게 보낸 『영혼의 편지』에 잘 기록되어 있다. "쓸모없는 사람", "새장 속에 갇힌 새", "나는 개다."라는 극단적 표현들이 편지에 빈번히 등장한다. 복잡한 내면과 힘겨운 삶에 대한 기록인 고흐의 편지에서 나타나는 두 가지 주제는 힘겨운 삶과의 고투, 예술에의 끝없는 열정과 집착이다. 그는 언제나 자신의 삶과 예술에의 고뇌를 한시도 벗어나지 않은 작가였다. "내가 표현하고 싶은 것은 감상적이고 우울한 것이 아니라 뿌리 깊은 고뇌다. 내 그림을 본 사람들이, 이 화가는 정말 격렬하게 고뇌하고 있다고 말할 정도의 경지에 이르고 싶다."라고 고흐는 말했다. 자신의 예술에 대한 깊은 고뇌의 경지에 이르고 싶다는 고흐, 우리는 이런 삶과 예술에 대한 고뇌의 깊이에 어떻게 이를 수 있을까.

세상과 사랑에 빠진 예술가는 색채와 소리와 언어를 자기의 방식으로 해석하고 표현한다. 화가는 세상이 만들어낸 형태와 색채에, 음악가는 세상의 소리에, 작가는 세상의 언어에 민감하게 반응한다. 다른 사람들이 그냥 지나쳐버릴 무의미한 형상 하나, 소리 하나, 언어 하나도 세상을 사랑하는 예술가의 눈에는 특별한 모습과 기호로 다가온다.

　예술을 한다는 것은 단지 무언가를 표현하기만 하는 것이 아니라, 그 표현을 통해 다른 사람들과 소통하고, 세상과 다른 방식으로 만나고, 삶을 새롭게 변화시키는 행위다. 위대한 예술은 세계를 담고, 사람의 마음을 움직이고, 어두운 삶을 밝고 긍정적으로 나아갈 수 있게 소용돌이를 일으킨다. 진정한 예술이 사람과 세상과 소통하고 교감할 수 있는 힘이라 한다면, 미술이나 음악이나 문학 같은 예술을 통한 공감보다 더 깊은 것이 어디 있겠는가. 예술이란 바로 인간과 세상과의 사랑에 빠지는 것이다.

　"당신의 빛이 세상을 비추게 하라. 나는 이것이야말로 모든 화가들의 의무라고 생각한다."라고 고흐는 쓴다. 또한 "사람들이여, 목적을 위해 당신의 영혼을 바치시오. 그리고 가슴으로 일하고 사랑하는 것을 사랑하라."라고 외친다. 사람들은 특별한 삶을 산 고흐를 '미치광이'로 취급했다. 그러나 그는 미치광이가 아니다. 오히려 세상과 예술을 미칠 정도로 사랑한 사람일 뿐이다.

　고흐가 그토록 사랑하던 아를의 뒷골목 '노랑집' 근처의 카페는 세상과 예술을 사랑하는 사람들로 밤새 북적였다.

지미봉地尾峰 가는 길

　　지미봉은 제주도의 동쪽 끝자락에 위치하여 '지미地尾'라는 이름이 붙었고, 과거에는 이 오름을 '땅끝'이라 불렀다. 제주에 오는 사람치고 한라산이나 다랑쉬오름, 거문오름을 기억하지 못하는 사람은 없지만, 화산섬 제주의 360여 개 오름 끝에 위치해 있는 지미봉을 아는 사람은 드물다. 사람들은 바다에서 지는 석양보다는 떠오르는 태양을 더 좋아하고, 노인네들의 역사가 담긴 슬픈 눈망울보다는 어린이들의 희망에 찬 순수한 눈망울을 더 좋아한다. 시작이 없었다면 끝도 없을 터이지만, 사람들은 끝보다는 시작을 더 좋아하며 끝은 언제나 우리에게 회한과 슬픔의 감정을 일으킨다.

　　밤새 이야기를 나누고 통음해서 몸은 피곤했지만, 새벽부터 지미봉을 오르는 글벗들의 표정은 진지하기만 하다. 함께 지미봉을 오르는 사람들은 남에게 쉽게 보이기 싫은 저마다의 사연과 아픔을 간직하고 있다. 수필 쓰기의 어려움에 낭패해 하는 사람, 남편과 자식들의 모자람에 남몰래 속앓이를 하는 사람, 직장에서의 어려움에도 불구하고 일상적 삶을 살아내어야 하는 사람들의 사연과 상처들은 나와 남의 것이 따로 없다. 삶에서 기쁨은 그저 잠시 다가왔다 지나가는 것일 뿐, 슬픔은 오랜 시간 머물며 우리를 힘들게 하고, 결국 삶은 무수한 덧없음으로 이뤄진다는 것을 지미봉은 일깨워 준다.

우리는 모두 가슴 가득히 꿈을 안고 살아간다. 꿈이 있기에 인생의 모든 힘든 일들을 견디며 살아갈 수 있다. 꿈은 고달픈 오늘을 견디면서 내일을 살아갈 수 있게 하는 아편과 같은 것이다. 프랑스 시인 보들레르는 "사람들은 각자 자신에게 맞는 양의 아편을 소유하고 살아간다."라고 말한 적 있다. 더 많이 기뻐하고 슬퍼하고 갈망하면서 자신의 인생에서 꿈을 실현하고자 한다. 이루어지던 그렇지 않던 많은 꿈을 간직하면서 그것을 실현하고자 하는 의지가 고통 속에서도 우리를 살아가게 만드는 힘이다. 젊은 시절에는 괴롭고 힘들고 고민스러웠던 일들이 자고 일어나면 흔적도 없이 금세 사라져 버린다. 그러나 나이가 들어갈수록 세상의 모든 고통은 업보처럼 엄습하고 그것을 껴껴이 부여안고 슬퍼한다.

　희망은 사그라들고 꿈도 자꾸 사라지다 보면 삶은 체념으로 메워진다. 이루고자 하는 것은 갈수록 많아지지만, 이루지 못한 것에 대한 아쉬움은 우리를 더욱 곤궁하게 만든다. 체념과 좌절의 무게는 더 커지고, 마지막 남은 시간들을 더 잘살고 싶은 욕망은 이룰 수 없는 꿈이라는 사실을 알게 된다. 이렇게 말하는 순간에도, 눈앞에서 전개되는 지미봉의 풍경을 통해 나의 풍경을 확인하려 한다. 이 세상의 풍경과 그것을 바라보는 나 자신은 화해하지 못한다. 풍경은 풍경일 뿐이다. 그런데도 풍경을 바라보면서 그 시작과 끝을 생각하고 나의 상처를 바라본다.

　지미봉에 오르는 벗들도 쉼 없이 무언가에 대해서 이야기한다. 풍경에 대해서 들꽃들에 대해서 인생에 대해서 이야기한다. 그들은 지미봉이라는 집에 찾아온 손님에 불과하지만 남의 집마당에서 계속 떠들어댄다. 손님들이 찾아오기 전이든 후든 지미봉은 조금도 바뀌지 않는다. 그동안 나의 삶에도 수많은 손님들이 찾아왔다 떠나갔다. 때로는 조금 더 오래 머물기를 바랐던 손님이 있었지만, 때로는 빨리 떠나가기를 바랐던 손님도 있었다. 그들은 잠시 머물렀다가 떠나는 손님일 뿐이었다. 아침이면 내 인생은 다시 태어난 것처럼 환한 등불을 내걸며 시작할 것이지만, 저녁이면 등불을 끄고 어둠을 맞으며 하루의 끝을 마감해야 한다. 이것은 지극히 당연한 삶의 방식이었다.

지미봉에서 바라본 하늘과 바다는 아름다웠다. 지미봉에 오르면 모든 것이 다 보인다. 제주의 오름과 섬과 바다가 한눈에 들어온다. 눈앞에서 하늘과 바다는 완벽한 경계를 이루면서 갈라져 있다. 구름 한 점 없는 하늘은 놀라울 정도로 아름다웠다. 하늘이 아름답다고 생각한 바로 그 순간, 이 우주에는 나 혼자만 존재하는 듯한 느낌이 든다. 하늘은 시시각각 변했다. 잠시 일출봉 쪽 바다를 바라보다 다시 하늘을 바라보면 하늘은 다른 모습으로 변해 있었다. 아름다움이 정지해 있지 못한다는 것은 세상의 모든 것이 변화하거나 사라지고 있다는 사실을 말해주는 것이다.

이 지상에서 변하지 않는 것은 아무것도 없다. 아름다운 꽃송이, 우리들의 젊음, 안타깝게 흘러가는 시간. 삶이 영원히 아름다워질 수 없는 것은 모두 죽거나 소멸하기 때문이다. 살아갈 날이 살아온 날보다 짧다는 것, 그리하여 앞으로 새로이 맺을 인연보다는 정리해야 할 인연이 더 많을 것이라는 생각은 슬프다. 사라져 버린 시간과 사람을 다시 만나고 싶어하는 것은 그들과 보낸 아름다운 순간이 가슴속에 그대로 남아 있기 때문이다. 그러나 그들을 여전히 사랑하고 싶지만 그렇게 될 수는 없다. 그것은 흡사 한 번 우려낸 국화차에 다시 뜨거운 물을 붓고 새로운 차 맛을 기대하는 것이나 마찬가지다. 뜨거운 물을 다시 붓고 아무리 기다려도 처음의 차 맛은 우러나지 않는다. 봄날의 벚꽃 날리는 거리에서 재회하기 위해 아무리 허겁지겁 달려와도 첫사랑은 이미 떠나고 없고 국화차의 맛도 사라져버리고 없다. 우리에게서 사라지는 것들은 언제나 그걸로 끝이었다.

지미봉의 바다와 하늘은 많은 사람들이 원하고 바라는 행복이나 기쁨이 결국 언젠가는 모두 끝나고 사라진다는 것을 알려준다. '지금 나는 세상의 끝자락에 서 있는 것이 아닌가? 나는 이 삶에서 무엇을 얻고 사라질 것인가?'라는 질문을 던져본다. 삶이 소중한 것은 마지막 순간에서도 영원히 살아남을 무엇인가로 기억되기를 기대하기 때문이다. 끝은 언제나 슬프고 아쉬움으로 가득 차 있지만, 그래도 마지막 노을은 찬란하고 아름다운 것으로 남고자 한다. 지미봉에 오르는 사람들도 그것이 바로 삶의 이치라는 것을 다 알고 있다. 그렇지만 사람들은 저마다 가슴 속에 담고 있는 상처와 사연들을 애써 숨기고 있다. 이 세상이 얼마나 힘들고 잔인한 곳이든, 살아온 인생이 얼마나 곡절 많은 것이든 그것을 애써 말하는 것은 의미없는 일인지 모른다. 중요한 것은 머나먼 수평선의 끝자락을 바라보면서 함께 허덕대며 올라온 시간들이다.

하도리 철새도래지의 철새들도 이런 서러운 사연들을 저 머나먼 세상 어딘가에 전달하겠다는 듯이 길 떠날 채비를 하고 있다.

오름 오르다

    한라산에 보름달이 창연하게 걸쳐진 날, 오름 동산에 올라보면 그곳에 보름달이 기막힌 풍경을 연출하고 있다. 다랑쉬오름에 올라 찬연하게 떠오르는 보름달을 바라보면, 윤선도가 오우五友에 수석水石, 송죽松竹과 함께 동산에 떠오른 달을 꼽은 이유를 짐작할 수 있게 된다.

    다랑쉬오름의 지명 '다랑쉬'는 높은 봉우리라는 뜻이며, 또 다른 의미로 산봉우리의 분화구가 마치 달처럼 둥글게 보인다하여 다랑쉬라고도 한다. 한자 식 표현으로는 '월랑봉月郎峰'이다. 주민들은 "저 둥그런 굼부리에서 쟁반 같은 보름달이 솟아오르는 달맞이는 어디에서도 맛볼 수 없다."고 자랑한다. 그 흐트러짐 없는 균형미는 다른 오름에서는 찾아보기 힘들며, 분화구에서 떠오르는 달을 맞이하는 것은 다랑쉬오름에서 보는 최고의 절경 중 하나이다. 멀리서 보면 다소곳한 여인의 치마폭처럼 근사한 자태를 뽐내는 모습을 볼 수 있는데, 그래서 다랑쉬오름을 '제주오름의 여왕'이라고 칭한다.

다랑쉬오름에 오르는 사람들은 오름의 아름다움을 말하지만, 다랑쉬오름의 깊은 역사를 아는 사람들은 이곳의 슬픔과 고통을 말한다. 다랑쉬 사람들은 아직도 다랑쉬 마을에서 사람들이 얼마만큼 많이 희생됐고, 그 학살터는 어디 있다는 이야기를 능선에서 나눈다. 이들의 이야기를 들으며 능선을 걷는 마음은 무겁기만 하다. 산아래 다랑쉬굴에서 원망과 통곡의 소리가 흘러나올 것 같은 생각이 들면, 아름다운 화구의 길이 비극의 길과 같이 보인다. 그래서 오름의 정상에선, 아름다워야 할 능선이 죽음의 경계선으로 여겨진다. 다랑쉬오름 정상에서 바라보는 일출봉이 희망이고 기다림이라지만, 비극적 전설같이 보일 뿐이다.

오름에서 태어나 오름에서 죽는 것을 신성한 삶으로 여기는 제주사람들이 이렇게 아름다운 오름에서 수많은 세월이 지난 아직도 분노가 파도처럼 일고 있으니 산 아래 마을에서 살아가고 있는 사람들의 심정이 어떠할까. 다랑쉬오름 아래에 있는 '잃어버린 마을'에 아직도 드리워져 있는 슬픔을 바라보면서 아무리 생각해도 우리들의 고통 위에 아름다움이 공존할 수 있을까 하는 생각에 사로잡힌다. 그럼에도 불구하고 이 지상의 모든 아름다움은 고통과 공존한다. 그리하여 "고통과 아름다움은 환상의 배를 찢고 나온 일란성 쌍둥이라 할 만하다. 환상에게서 태어난 그것들은 다시 제 배로 환상을 낳기도 해서, 고통이 낳은 환상과 아름다움이 낳은 환상이 결합하여 또 다른 고통과 아름다움을 낳는 것이다. 그러니 지상의 짧은 삶에서 아름다움을 포기하지 않는 자는 결코 고통과 헤어질 수 없다"(이성복, 『오름 오르다』). 오름 저 아래 사람의 마을이 보인다. 우리가 떠나온 곳이고 다시 돌아가야 할 곳이다.

멀리 보이는 성산 앞바다가 햇빛을 받아 반짝인다. 용눈이오름에서는 모든 존재가 살아 반짝인다. 신이 인간에게 보여줄 수 있는 가장 아름다운 곡선을 그려내며 억새에 뒤덮여 은빛으로 반짝이는 들판에서 용눈이오름은 교태롭게 누워있다. 그래서 이곳 용눈이오름에서는 수많은 사진작가들이 이런 장면을 담기 위해 영혼을 내던지고 세월을 삼키며 기다리고 기다렸다. 그들에게 제주와 제주의 풍광은 삶에 지치고 찌든 인간을 위무하는 영혼의 쉼터였다. 제주는 그저 바라만 보아도 마음의 평화를 얻을 수 있는 영원한 안식처였다. 김영갑은 이렇게 말한다.

눈으로 보아도 보이지 않고, 귀로 들어도 들리지 않고, 잡으려
해도 잡을 수 없는 것. 형상도 없는데 사람을 황홀하게 하는 그
무엇이 중산간 광활한 초원에 존재한다. 이 세상에 존재하는 최
고의 것은, 사람을 황홀하게 하는 그 무엇이다. 그것을 깨닫기 위
해 나는 중산간을 떠나지 못한다. 안개가 일순간에 섬을 뒤덮는
다. 하늘도, 바다도, 오름도, 초원도 없어진다. 대지의 호흡을 느
낀다. 풀꽃 향기에 가슴이 뛴다. 살아 있다는 기쁨에 감사한다.
불확실한 미래에 대한 걱정도, 끼니 걱정도 사라진다.
　　　　　　　　　　　　　- 김영갑, 『그 섬에 내가 있었네』에서

　　그는 제주의 가공된 이미지를 만드는 것이 아니라 있는 그
대로의 그것을 붙잡으려 애썼다. 사진을 찍는 것이 아니라 이
미지를 발견하고 그것이 그의 곁에 오래도록 머물게 하기 위
해 존재했다. 그래서 그는 기다렸다. 바다가 돌아오기를 기다
렸고 바람이 돌아오기를 기다렸다. 바다는 언제나 살아있었
다. 그 바다에는 천년 세월을 이어온 제주 특유의 끈질긴 생
명력이 깃들어 있었다. 그 바닷가에 망연히 서서 밀려가고 밀
려오는 파도를 바라보며 오지 않을 사람과 가버린 세월을 기
다렸다. 어머니 품속 같은 제주오름에 올라, 바람에 흩날리는
들풀이나 야생화를 보며 무한한 생명의 힘을 느꼈다. 그는 제
주오름 한가운데 덩그러니 놓여있는 무덤에서 죽음이나 절망
이 아니라 삶에 대한 의욕과 희망을 건져내었다.

'용눈이오름'이라는 커다란 표지석을 뒤로하고 오름을 오르기 시작하다 보면, 오름 초입에서 어김없이 산담을 만난다. 용눈이오름 입구 양지바른 곳에는 네모난 돌담을 두른 무덤이 유별나게 많다. 제주의 어디서나 볼 수 있는 것이 돌담이다. 집에는 집담, 밭에는 밭담, 산소에는 산담이 있다. 모두 숭숭 구멍이 뚫린 현무암 덩어리들을 얼기설기 쌓고 포개어 담으로 지어 놓은 것이다. 숱한 역사의 바람을 겪은 제주 사람들의 투박하면서도 옹골찬 얼굴 같은 그 돌들을 쌓아 이룬 담, 이 중에서도 산담은 무덤 주위를 돌로 쌓아 정방형으로 둘러친 담을 말한다. 원래 산담은 방목을 많이 하고 있는 제주 사람들의 생활 방편에 따라 가축들로부터 무덤을 보호하기 위해서 혹은 산불의 피해로부터 무덤을 보호하기 위해서 쌓았다고 한다. 하지만 밭담이 그랬던 것처럼 무덤 자리에도 지천으로 있는 돌들을 처리하기 위한 수단으로 담을 쌓기 시작했다.

그러나 그보다 더 큰 이유는 무덤 주위에 담을 쌓으면서 영성을 부여하여 영혼의 집인 무덤을 보호하는 울타리로 생각했다. 울타리가 튼튼하면 영혼이 잘 지켜질 것이라 생각하고 튼실하게 잘 쌓으려고 애썼을 것이다. 지난날에는 '신문神門'이라고 하여 무덤의 한쪽을 조금 틔워 영혼이 드나드는 문으로 삼았는데, 지금은 산담에서 신문이 거의 보이지 않는다. 과학이 발달하면서 영적인 존재에 대한 믿음이 갈수록 사라져 가기 때문일까. 거슬릴 것 없는 자연스런 어우러짐이 산담에 뚫린 바람구멍처럼 자연스럽다. 무덤을 덮고 있는 새하얀 여린 억새들도 솜이불처럼 안온해 보인다. 용눈이오름 가는 길, 산담 안에 누운 무덤 봉우리들이 이곳에서는 유난히 평온해 보이는 까닭도 그 때문일 것이다. 오름으로 가는 길엔 어김없이 산담이 자리를 지키고 있다. 제주오름에선 삶과 죽음이 이렇게 한데 어우러져 있는 것이다. 그들은 죽어서도 오름에 묻히기를 원했다.

오름을 오르다 보면 한가롭게 풀을 뜯는 말과 소들을 볼 수 있다. 그들을 바라보면 오름은 그 자체만으로 존재하는 것이 아니라는 것을 알 수 있다. 제주 사람들은 오름을 삶의 터전으로 일궜다. 오름 자락에서 밭을 일궜고 말과 소를 키웠다. 산 자들은 날마다 죽은 자의 자리를 확인하고, 말과 소들은 죽은 자의 거처에 핀 풀을 뜯으며 생명을 이어갔다. 삶과 죽음을 구별 짓는 확연한 경계가 일상과 생활의 한가운데에 있다는 것은 역설이다. 그 속을 바람이 지나고 사람이 지나고 말이 지나간다. 미나리아재비, 할미꽃, 꽃향유가 활짝 피어 사람들을 반긴다.

오름은 산 사람뿐 아니라 죽은 이들의 몸도 넉넉하게 받아주었다. 제주 사람들은 죽으면 오름에 몸을 묻었다. 오름은 제주 사람들이 태어나 평생을 기대어 살던 '삶의 장소'이며, 묻히게 되는 '죽음의 장소'이다. 그래서 사람들은 소망한다, '저 오름에 묻힐 수 있다면'. 제주 사람들은 인간은 오름에서 태어나서 오름으로 돌아가 묻힌다고 생각한다. 제주의 오름 정상에는 어김없이 여러 개의 무덤이 있다. 사람들은 오름을 영적인 곳으로 여겨서 오름에서의 죽음을 삶의 완결로 인식하고 피안에서 새로운 환생을 이루고자 했다. 영혼이 떠난 육신이 자리하는 곳은 이승에서 자신이 서 있던 바로 그 자리이기 때문이다. 오름에서 태어난 인간이 죽어서도 오름으로 돌아가고자 하는 것은 소멸 속에서도 소멸하지 않은 채로 불멸과 교통하는 방법이기도 했다. 오름에 자신들의 무덤을 만들고자 하는 것도 소멸 속에서 불멸이 들어설 수 있는 틈새를 만들기 위함이다. 제주 오름에서 현재는 재생의 빛깔인 초록으로 다시 태어난다.

오름을 오르내리다 보면 경사면의 경계에 따라 이어지는 능선 길처럼 어떤 존재도 삶과 죽음의 어느 한쪽으로만 기울지 않는 것임을 느끼게 된다. 삶의 저쪽이 죽음이고 죽음의 이쪽이 삶이고, 우리에게 차안此岸이 있다면 또한 피안彼岸도 존재한다. 오름은 삶과 죽음을, 이승과 저승을 모두 다 껴안고 저기 쓸쓸히 누워 있다.